炉边独语

王统照散文精选

王统照 著

泰山出版社·济南·

图书在版编目（CIP）数据

王统照散文精选 / 王统照著. -- 济南：泰山出版社，2023.7
（炉边独语）
ISBN 978-7-5519-0782-8

Ⅰ.①王… Ⅱ.①王… Ⅲ.①散文集－中国－现代 Ⅳ.① I266

中国国家版本馆CIP数据核字（2023）第093915号

LUBIAN DUYU　WANGTONGZHAO SANWEN JINGXUAN
炉边独语： 王统照散文精选

责任编辑	池　骋
装帧设计	路渊源

出版发行	泰山出版社
社　　址	济南市泺源大街2号　邮编　250014
电　　话	综 合 部（0531）82023579　82022566
	出版业务部（0531）82025510　82020455
网　　址	www.tscbs.com
电子信箱	tscbs@sohu.com
印　　刷	山东通达印刷有限公司
成品尺寸	150 mm × 230 mm　16开
印　　张	12.5
字　　数	155千字
版　　次	2023年7月第1版
印　　次	2023年7月第1次印刷
标准书号	ISBN 978-7-5519-0782-8
定　　价	39.00元

凡 例

一、本书收录了作者的散文经典文章或片段节选,主要展现了作者的学术历程、情感操守,以及当时的时代风貌等。

二、将所选文章改为简体横排,以适应当代的阅读习惯。所选文章尽量依照原作,以保持文章的时代韵味,部分内容参照当下最新的整理成果进行了适当修改。

三、所选文章没有标题或者标题重复的,编辑时另行拟加或改拟。

四、对有些当时惯用的文字,如"的""地""得""作""做""哪""那""吧""罢""化钱""记帐"等,仍多遵照旧用。

目录

- 001　小卖所中的氛围
- 007　生活的对照
- 010　老　人
- 016　人　道
- 020　松花江上
- 023　坟园中的残照
- 027　旅　途
- 036　失业者之歌
- 045　厨工的学校
- 052　王宫与博物馆中的名画
- 058　乡人一夕话
- 064　片云四则
- 075　阴雨的夏日之晨
- 079　血　梯

082　海滨小品

091　林　语

096　悼志摩

103　我读小说与写小说的经过

111　青纱帐

114　青岛素描

127　蜀　黍（高粱）

131　火　星

138　柔和的风

139　玫瑰色中的黎明

140　理智与暗影

142　面具与良心

144　祈祷与力量

146　去来今

151　唐达拉司的故事

155　芦沟晓月

159　"幸福"的寻求

163　酒与水

165　云破月来

167　不易安眠

169　渐渐感着夜寒了

171　为了颜色

173　大漠中的淡影

174　淡　酒

- 176 螺壳的坟墓与巨石
- 182 湖滨之夜
- 189 一只手

小卖所中的氛围

托张君的福，他来回经过这"名所"的次数多，午后四时我们便由旅馆中的赵先生导引着走入一个异样的世界。

赵先生在这里作事已有十年以上的资格。青布皮衣，红胖的面孔，腮颊上的肉都似应分往下垂落，两道粗黑的眉，说话时总有"×他妈"的口语。脱略，直爽的性格，与痛快的言词，的确是一个登州属的"老乡"。一见张君便像十分相知似的，问这个那个，又要求介绍我们这两位新熟识的客人。——老先生与我——及至张君一提倡走，我就猜到他们的目的地；好在有赵先生的"老大连"，我也觉得一定有别致的地方，可以展露在我们的面前。

穿过干路麻布通后，向南走进了一个小巷，右转，中国式的三层楼入门。拾级而上，二层的门口，第一个特别现象是木柜台上有几十支各式各种料子作成的鸦片烟枪，很整齐地摆着，不同的色泽在目前闪耀。

我们骤然堕入迷香洞中了，——也可叫做迷云洞中。

大厅中几张烟榻一时弄不清楚，烟雾迷濛中只看见有许多穿长袍短装的人影在烟中挤出挤进。幸而还好，我们五个人居然占了两个小房间；这一定是雅座了。一间真小，不过纵横五尺的屋

子，门窗明明是油腻得如用过的抹布，却偏是白色的。木炕上两个歪枕，两分褥子，是古式的气派，这才相称。于是精工雕刻的明灯与古色鲜艳的枪支便即刻放在当中。

赵先生的手技高明，小黑条在他那粗壮的手指上捻转的钢签之下，这么一转，一挑，向火尖一偏，一抬，那元小的发泡的烟类便已成熟。扣在紫泥的烟斗上，恰相当。于是交换着吸，听各人的口调不同，有一气咽下去的，烟枣在火头上不会偏缺；有的将竹管中的烟气一口吞下，吃完后才从鼻孔中如哼将军的法气一般地呼出。军人与我太少训练了，勉强吸过两口，总是早早吐了好些，本这用不到从竹管中用力吸，满屋子中的香气，那异样的香，异样的刺激的味道，一点不漏地向各个人的呼吸器管中投入。沉沉的微醉的感觉似是麻木了神经，一切全是模糊的世界，在这弥漫的青烟氛围中，躺在窄小的木炕上便能忘了自我。一杯清茶不过是润润微干的喉咙，并不能将疲软的精神振起。

我躺在木炕上正在品尝这烟之国的气味，是微辛的甜，是含有涩味的呛，是含有重星炭气的醉人的低气压；不像云也不像雾。多少躺在芙蓉花的幻光边的中国人，当然听不到门外劲吹的辽东半岛的特有的风，当然更听不到满街上的"下驮"在拖拖地响。这里只有来回走在人丛中喊叫卖贱价果品与瓜子的小贩呼声，只有尖凄的北方乐器——胡琴的喧音，还有更难听的是十二三岁小女孩子的皮簧声调。

一会，进来了一个红短衣裤的剪发女孩，一会又进来了一个青背心胖脸的女孩。她们在门窗前立了几分钟后，一个到间壁去，我们都没的说。赵先生这时将枪支向炕上一丢，忙忙地到外边去。回来，拿着一个胡琴，即时他拉起西皮慢板的调子。手指的纯熟如转弄烟灯一样。半个身子斜敧在炕边，左手在拂弦的指头是那样运用自如，用力的按，往下一抹，双指微捺弦的一根，同时他的右手中的弓弦高，低，快，慢都有自然的节奏相应。于是尖利而调谐的音便从手指送出。手法真特别，伙计，小贩都时时掀开门窗的一边来看。一段过后，连与他熟悉的张君也大拍掌，不住地道："好，好！唉！好指音！再来，再来。"

"不容易，难得，不曾听过这么好的胡琴。……"老先生也啧啧地称赞。

我呢，这时真觉得多才的赵先生也是个令人惊奇的人物。他是那样的质朴，爽快，一天又忙着算账，开条子，还得永恒的堆着笑脸向客人们说话；但在此中他却是一位特殊的音乐家。

赵先生将厚垂的眼皮闭着，天真的微笑，若在他的十指中创造他的宇宙。忘记了客人也似忘记了这在哪里，用劲地快乐地拉着一种一种的调子。

磞的一声，胡琴上的粗弦断了。他赶急又跑出去，回来将弦缠好，还没开始拉，便道，"来哇，谁唱谁唱？"

张君向立在间壁门口的军人说："有赵先生拉，你来几嗓子。"

"不行，我喉咙痛。"

老先生还在炕上烧烟，十分高兴地道；"还怕什么，到这里来原不是讲规矩的。爱怎么办就怎么办！你还怕羞？干么！"

"还是老先生，痛快，痛快！"赵还没拉动胡琴，却向张君问："可是这老先生以前的贵干还没领教。"

"唉，这也是位老风流名士呀！两年前他还在作科长呢。你别看他有胡子，一点也不拘板。……"

"是，是！倒是痛快。唱呀！"他将弦调好，向军人等待着。

军人终是摇头不唱。

"大荣，叫大——荣——来啊！"赵先生这时才实行他的政策。一会那方才立在门口的红衣女孩进来，将一个绸面纸里油垢的戏目折递给我。我略一展视，看到许多老生小旦的旧戏名字，便递与在我身后边坐着的张君。

"说说，点什么戏？"

张君看几分钟道："好多，会唱这些，随便随便，赵先生，你熟，随便挑一出不完了。"张君态度颇见兴奋。

还是那个女孩子自己说了，"坐官吧？"

在几个人一同说"好"字的口音之下，慢板的胡琴与她的十字句的戏词同时将音波颤动。

她的过度的高音使他不得不将双肩屡屡耸动，每到一句末后的拖长而激亢的音时，我看她实在吃力。大张开嘴，从小小的喉中发出这样要够上弦音的调来。头上的披发一动一动的，她那双美丽的大眼直向灰黑色的墙上注射出急切的光亮。听到，"我好比浅水——龙，困卧……在沙——滩！"一句，我替她着急；同时心中也有些不自知的感动。觉得我们在这奇异的世界中是在买沙滩中的没有一点水的小动物的把戏看！……门窗外来回瞧热闹的人不少，就是卖果品的小贩也时而停留住听这不甚调谐却是引人来听的戏词。

一曲既终，她背了两手立在门侧休息。大家自然是喝采了。

张君问过她才十四岁,"好啊!以后一定有出息,听听调门真不错!"

本来可以让她休息了,但赵先生还在调弦,而这清瘦的孩子眼巴巴地仍然希望再唱。这是为什么呢?我有点明白,但我的凄感却咽在心头,没有话可说。接着又叫了她的妹妹来,一样是个大眼睛面目聪明的孩子,比她还低一头。于是汾河湾的生旦戏便由这两个孩子当作久不会面的夫妻连唱起来。

神采十足的赵先生合了双目在玩弄他熟练的手法,两个粗亢与低细的口音不断地唱,说白,时间不少,约有一刻钟方才止住。这时我换了十个角子,便赶紧交与那大孩子。张君还争着要给她,末后终算是我会了钞。在听众的赞许声中,可怜的女孩欢跃而去。但她一起一落的肩头远如影片一般在我的目前。当她用皱皮的疲手来接这十个角子时。我真觉得由我的手上将"侮辱"交给她了!

这是平常平常不过的事,在这"劫外桃源"的地方是中国人的相当娱乐场所。香烟中的半仙态度,性的糟践的生活,什么都不管的心思,这是这地方暂时的主人的教条。好好的自加学习,这桃源中准可允许有你的一个位置,这是我们从一瞬间得来的反省。

有点头晕了,这奇异的世界不能久留,便一同走出在楼门口等待着后行的赵先生,还不来,那位青年人望着门口的铜牌子道:"这楼上还有饭馆哩,看这小卖所。"

张君轻藐地道:"方才吸的玩意还不是?这一市中多少挂了这样牌子的地方,如你愿意进去,保吸不错。真是乡下人,还有卖饭的在上面哩！"

军人方有点恍然。

及至我们走到大街上，也没看见赵先生的影子，都说他又不知在那云雾中办什么交涉了，便决议去逛浪速町的夜市，不再等他。

当我们由日人的百货商店走回旅馆到自己的房间中时，赵先生却跳了进来道："好找，好找，我出来连你们的后影也没瞧见。……"

"我们以为你与那小姑娘打交涉去了。"张君答他。

"可不是，她娘也在那边的烟炕上吸烟。那孩子因为给了她一块钱，欢喜的没法子，拖住我再去吸两口，我去说几句话后便出来，迟了。"

原来他与她们都很熟悉。

"应分是一出戏多少钱？"

"四角小洋。"

"谁养着她们？"我在问。

"一个女老板弄上几个小孩子，教得会唱了，便做这宗生意。大一点也可送到窑子中去。"赵先生上楼气喘，只说到这里。

一会下面有人喊他，他又笑着招呼我们几句，匆匆地跑下楼去。

生活的对照

看不清的垃圾在雪泥融化的街道中四处翻扬，如同是地狱的一角的陈列品。笨重的几只骡马拖的大木车，皮帽子的老人待理不理地将鞭子抖几下，于是有数不清（何至数不清呢）的蹄在泥泞中蹂踏。街的两侧到处都有鲜红嫩白的猪肉在木板上面。有蓬发包头穿了不合体青衣的女人，——她们的脸上被风沙划上了多少摺纹，被忧伤抹上了多少痕迹。她们在这样的街市的店铺门前，等待补破衣的朋友们的来临。更有十岁左右的小孩守着破烂零件的小摊，他便是这小摊的主人与经理与店员；有胡子与鼻毛冻结在一起的卖黍糕的老翁；有风尘满枪的厚衣警士；有穿了各样笨衣的小学生；有破马车；有喊破喉咙的估衣商人。……还有，还有，总之是中国民族的到处一样的陈列品。

我同王、杨二君彳亍于冷吹的风中，我用力地看，到处都是画图，到处都是小说的背景。但这困苦饥饿压迫下的非邻人的种种表现只有使我们俯首而已，欲加描写先不禁提笔时的怅怅！

杨君要买铁制的书夹，走遍了几个小书铺却连名字也不知道；然而自来水笔，精巧的铅笔，透明的墨水盒以及其他文具也大概都陈列着，何以会没有这种物价最贱的书夹？没有只索没有罢了，同行的人更没去推想这是何原因，现在我觉悟了，按照供

给与需要的原理上讲，这是在此地无用的货色，它没有瓦特曼或派克笔杆的漂亮可以挂在衣服或绸衫上放出明丽的光彩，也不同帽章，国旗，是一切学校，办公所，甚至"姑娘"们屋子中的点缀品，商人当然明白地方上的需要。这种书夹不过在书案与架子上夹起西式装订的书册而已，线装书自然是高卧的，薄薄的几本教科书似乎也不一定用它，于是书夹乃不能在冷静的地方露面。一样的道理，在上海南京路上讲种地的经验，在山村里讲柏格森与罗素的哲学，商人不能如此的不知时宜啊！这边只能说日本话，听金票行市，吃关东白干，与终日的狂风战斗，如此而已。多卖书夹的未必是什么好地方，但只能讲日本话，听金票行市，我在这分水岭似的大桥上（四洮南满铁道中间有穹式大桥，铁轨在下面，即以此处分中日管理界），凝望着茫茫的烟尘，黄衣红肩章的兵士的来往，不知是怎样联想的，便觉得这一个小问题（书夹子买不到）像颇为重大似的。中国市街不过是买不到书夹子而已，而邻人的炮台却雄立在大道的旁边。

　　一辆平板的独轮车安放在街口的一角。我看见灰色厚袱下露出蒸腾的热气，向前揭看，是用高粱糙米做成的窝窝头一类的食品。它仿佛用红晕的媚眼在引诱我，这种无邪的气味比什么肉鱼之类的珍品还特殊吧。

　　"唉，多少钱一个儿？"

　　走来一位伛背的老人，蓝棉布盖膝袍上罩了一件长坎肩，边缘上都露出白絮。一例是为劳苦风霜刻划出来的面目，拖拖地穿着毛窝走来走去，步履是不想再快的了。虽然有主顾来到，但他从那面花生摊上走过来仍然是十分疲懒。

"一毛大洋十二个,……还有豆沙的馅。"

我趁他们在买别的东西的时间终于买了两个。这疲倦的老人,他从容地为我包起。一会杨君跑来向我道:"不用,不用,我这里有手绢。"于是老人将粗纸丢在一边,窝窝头却包于白绢手帕之内。

回来时,我在路上不住地想快尝尝它的滋味。及至到了杨君的哥哥家中,却开了留声机,唱起《四郎探母》与《天女散花》的皮簧调。杨君的两个小侄女乱披着雏发不住的说笑。及至我记起新买来的食品打开绢巾吃一口时,啊,味道原也甜美,可惜被香肥皂洗涤的绢巾包了许久,咬到口里却不调和了。

二簧戏片唱了半打,在暗淡的黄昏中已听见道东邻人的兵营喇叭吹出悲壮的声调。

老　人

　　几年来没曾有多少机会能以在旷野中观赏雪景，这一次在"北国"的初春中将机会与地方同时找到。吹了两天令人头痛的风后，夜中屋外息了风声，第二天从窗子便看见大院子变成一片晶莹的世界。光明啊！有趣，有趣，骤然的欢喜的呼声从蛰居的蜂房般的屋子中喊出。可悯怜的同人，在这荒凉的所在那怕一点一点儿的天气变化都会使他们喜得流出泪来。只要是没有吹堕屋瓦，扬起砂块在空中乱舞的大风。

　　感谢"上帝"！有这一夜的大雪给大家的灰色的心迹中照耀出洁亮的微光。

　　他们如同十几岁的小学生一般，光亮的皮鞋来回踏着清明的雪迹，有的不顾冷，也同小孩子们搏击雪块。胖子的朱先生高声喊着京腔的二簧调，他们邻室中擅长音乐的青年用两只长手替他拍板，又啧啧的称赞这声调确是谭派。胖子乐了，口角间的肥肉更添了几丝垂纹，显出十分欣乐的面容。

　　在四周垣墙上满安设着电网的大监狱中，这是个纪念的日子！

　　没有风没有泥，一望是有明角的冰雪世界，莹澈，清凉，新鲜，说不尽的快感烧在各个人的胸中。午饭时不知怎的凑巧却在每张桌子上有山芋炖牛肉一碗，仿佛是快乐的享宴。谈话的声音不比寻常，不是每天强咬着有长须的生豆芽，与酸秀才滋味似的干菘蘑时低头皱眉的沉郁气象。于是熟于外国风俗的孟先生在说了：

"你瞧！今几个真像圣诞节吃火鸡，唉，我来了两个月压根儿没有这么乐！……"

"有雪，有牛肉，可惜没有酒啦，"是河北省宣化左右口音的一位少年略似不足地说。

"有肴无酒，'归而谋诸妇'，这一下可着了。有太太在这儿的不替咱们打打主意么？"不知那位好诙谐的先生用柔细的嗓子在那边桌子上喊。

"哟！……"只有这个字音从善说北平话的孟先生的喉中发出，却没下文。

几个桌子上互相望着，只有秃了额发的会计主任若无所见闻的用力吃米饭。（他在这个地方同他的家人已经住过三年！）

大家更乐，一时的语锋全向他射去，原来会计主任的太太四个孩子都在校外住着。纷扰的结果，会计主任答应多早晚他们到家中去吃一顿便饭，便添上了又一重的喜气。及至饭后，低低的吟哦声在那烟气弥漫的餐室外的空中四散飘荡。

雪还是慢条斯理地降落着。

午后渐渐有了太阳，映在雪地上时时闪出明丽的眩目的光。我一个人到铁栅的大门外走去。平旷的郊原，一种色彩，一例的平铺，淡云的空中，看得清远处的几个矗立的烟筒中斜吹出的黑烟。向西南方去的列车飞行过去，还听得见铁轮的余音。这里不容易遇到行路的人，雪后更无人迹。郊野中有几行不粗的髡柳枝子上时而坠下待融的雪块，并且狗也见不到一只。惟有对了大门那边有一片黄土小屋子的旁边，高粱秸打成的风障被微风拂着作出飕飕的声响。

寂静，安稳，一切是平板的世界。在这里真是"无不平！"

我大胆越过了几道地上的土陇，踏着松软的雪走到一个风障的后面。仿佛是奇迹一般，在一堆长黑狗毛中簇动着一个头颅，周身反披着狗裘的一个人，蹲在扫去了雪的一片润湿的土上面，在宽边的黑毡帽下低着头吃旱烟。

这是一幅图画，我没敢惊动他。隔开七八步远我立住了。这一定是位老人，不知有何证明我心中这样断定。他一点不动，浓厚的烟从他的长皮领后面吹散，虽在这空气清新的野中而关东黄烟叶的气味却能嗅得到。静静地几分钟过去了，他不回头我也不能往前再走。为什么呢？自己也不明白。像是一袋烟吸尽了，在宽博的裘下（这只是用黑狗皮缝在一处的披衣罢了）将仿佛长有一尺以外的黄粗竹子的烟袋向地上磕着余灰，太从容了。他用烟袋上的铜斗叩地的声音似有韵律，轻轻地，急慢有序地如同吸烟一般的为了过瘾。又经过了几分钟，我以为他应分是站起来，否则回头了。都不是，地上叩烟的声音完了，接着便见他又从破布袋中装上一斗，火石与铁镰擦了几下，微微见有几个火星，似是已经燃着。接着青烟又从他的口边围绕于皮领子后面。冷风吹着长而苍黑的毛领如同蜷毛狗的尾巴掀动。

青烟在冷而明的空中分外明显。

我忍不住了，干咳了一声，这像是询问。果然一个黝黑的面孔由皮领的左面转过来。在秃了毛的大帽之下，是皱纹中嵌入黑线，瘪了双腮，蓬乱着胡子的一张脸。这脸上看不出有什么表情，只是一对有光的眼睛向我斜看。吃了一吓，如同小孩子梦想着怪物似的，我不由得将身子微微移动。同时慢慢地他也直立起来，高大而稍稍伛偻的身子，斜披的青布破袄，迎着这满地雪光是一种光明与深沉的对照。他用树皮似的手将长烟管揣入怀中。

"好雪！——"

这是"关内"的口音，虽然还听不出是那一个地方。嘎长的音调颇为粗壮，这恰与他的身个儿相称。

"啊！好雪，你倒清闲呀，在这儿晒太阳。"

"先生，——晒太阳？不，我在这里看猪。……"

我笨极了，从他的手指的方向才看到泥涂的高粱圈后面有黑影的蠢动。

"你住的一定不远，种菜园子，是吧？"

哈哈的笑声发自他的口中，牙落了，这才是有趣的声音。"种菜园子，没有，……唉……那福气！先生，我是'雇'给种菜园子的人看猪的——像我，不是只配看猪？"

我晓得这位老人的性格特别，说话要当心了，"看猪就好，你一人儿在这地方？"

老人屈着腰仿佛将要将胸中的噫气吐尽似的，大声道："原先不是一个人的，老了！老了！在这边四十年，现在却只是一个老头子了……"

"原来这样好久啊，四十年！"

"先生，头一次到这边吧？以前我老没有碰到你。我初到这里什么也没有，只是替大鼻子修铁道，学堂，买卖，什么没有，全是空地。我一家子有儿、有女，我在铁道上做工，还种地，谁管呀！地多得很，你们这学堂占的地我都种过。……后来日本人同大鼻子开仗，好！……这战完事！那一年上老婆子死的。据大夫说是产后受了冰冻，自然小孩子也去他妈的！两个儿都被大鼻子牵去运子弹，往往……我想想啊！往辽阳去，从此以后完了！直到现在，……"他的面容由黝黑中透出灼热的微红，即时他咳了一阵吐出几口稠痰。

"再说……吧，廿多的小妮子后来同我在菜园子的地窖里饿了七八天，末了是教外国兵！——几个小伙子弄死的！你看我这左胳膊上一个窟窿。"他并不怕冷，很容易的从斜披的大衣中伸出他的皮松筋露的大臂，肩下的肌肉中一个肉穴有拇指粗细，"这是刺刀的尖伤！"

我觉打了几个冷颤。风从身旁的枯树枝中穿过，像鬼叫一般。

他又继续着说了，左臂却伸在大衣之内。

"后来的事，先生，你不必问了，我到过多少地方；三姓，延吉，黑河子，哈尔滨，与蒙古包，……"

"作什么呢？"

"吓吓，先生，还不懂得么。我在那时还能干什么。不是钻山跑马，挖参打架，咳！那里说得完。总之，我是当过剑子手的。……老了，现在到这个地方来又几年过去，好在新来的乡亲多知道我，给我这口饭吃，只能看猪了。因为右臂受过潮湿，不能做活了。……"

直朴的老人的话向我这么一个生客说出，他似是一无顾忌的，也许老年的神经在这时中激烧起青年时期的火焰。命运与报复毁损了这看猪老人的体力与精神。

我说不出什么话。

态度从容的老人向东一指道："我现在并不恨那些穿黄衣的人了！先生，我在二十年前算将我的仇报了。看到中国的灰兔子还不是与人家的当兵小子一个胎儿？我现在只能晒太阳，吃吃旱烟，你看我眼见得这地方是一年不能比一年了！"

我有许多话要说，却说不出。老人又重复蹲下，他并不愿意问我。青烟又缕缕地从他的唇间吐出。净明的雪，冷战的风，一切还是在大地上映动着。路上一个人没有，只有猪的哈哈的争食声，我可以听得到。

地上是明亮洁白了。这一个过午，我却载了一颗黯淡的心在胸中不住地跳动。

第二天，问问在此住久的同人，那个老人究竟住在什么地处，却没人知道。

人　道

　　阅报室中冷冰冰的地，我真怕陷了下去！本来在这儿必须时时防备猛风从窗外会伸手将你拿了去，何况这两大间屋子中，门向来是关不住，雪花会向你身上跑。一星星炉火都没有。所以我是轻易不愿置身其中的。幸而杨君有份《大公报》还可以早晚解闷。

　　说来你会不信，不为看新闻与"报屁股"，我却特别订了一份沈阳的××报。没有办法，绝不敢开玩笑，实话，只是借它作为如厕的利器。你们晓得北方乡间的"坑"吧，也晓得在江南到处都看得见的朱漆描金的"桶"吧，这都好，总是南方和北方虽然是有廓落与精致的不同，然而总还有你的"如厕"的自由。虽然灰尘与臭味差池，只有塞住鼻孔却还没有过不去。至于自来水的西式磁桶我们不提了。这儿却是"透漏的坑"，也亏他们能想出这奇妙的创造品。薄薄的木板屋子下面，如乡间社戏台子似的高高搭起，有二尺多高，下面四周又系活板可以移动，于是这似乎高明了。但每个人当在木屋子恭敬的时候，下面的风须按照力学的原则向上面横冲直撞，你非碰得到（自然非同凡凡）天朗气清，力的动荡还小。自然这是有科学的妙用。明明院子中觉不到冷风拂面，而戏台的下面却有些飒飒飕飕了。从内蒙古吹来的风本来挟着十足的劲头，那半指厚的薄板有什么用。准此，风大的日子你如果作件每天你必须办的课程，这便使你畏缩不前。长方形的大孔之下，如有地心的吸力似的，要将大肠吸断。怪不得头一次我尝试的时候，S君说：先不教你方法，给你一个"下马威。"幸得那天还好，不然，我恐怕得进医院。但是从此后我却讨了乖来，这也是S君的传授。每到恭敬的时候将大张报纸铺在长方孔的上面，作戏台上的地毯。

公共的报纸自然不可乱用，为了这个目的，我却每月多化这五十元的奉大洋买得御风的利器。

当然，每天还要看一遍，不过只是副作用而已。

许多消息本用不着重看，我每天阅报是注意于地方新闻与那些零星的"文艺"。

一个阴沉的黄昏后，大家都在朱先生屋子中饮茶，我却一点精神没有，宋君几次交涉的结果，方允许我五月中离开。这儿是这样的沉寂，这样的风沙，这样的糊里糊涂的生活，使得我一无办法，只可每天计算着过去的日子。许多人热心的慰安我，但除了感谢之外我什么不能多说。所以他们聚谈的时候我往往忧愁地沉坐在一边。这次又是规矩的聚会，水由大铁壶中倒入描金的磁壶，又倾在玻璃杯内，一人一份，"来啊，来啊，"的请着。窗外风声照常的吱吱曳长的叫着，大家谈着上星期六的电影，说着诅恨这地方的种种话。一会不见不好安静的最年轻的明，大家都没注意他出去，不久他却回来了，手中拿着报纸，除却《大公报》外还有我定阅的那一份。.

"报来了，你还没看？"明将一大迭报纸放在桌上说。

我摇摇头。

本没有必须谈的连贯韵话，于是人们吮着涩甘的茶味而眼光却落到报纸上面去。

"哎哎！真透着新鲜，那来的这档子事！"北平话十分流利的朱先生似将下颏伸长了一点，执着报纸向大家说。

"什么？"号叫愉己的好笑的庶务先生问。

"喂喂！您听这真气死人，怪诞！我念：——这是标题。非人道的日本院长强奸有病华妇。下面说在吉林的大街上一位妇人由人力车上跌下来碰破头，送到一个日本医院中去。唉！简捷说吧，这碰伤了头的娘们在院中待到深夜。院长是个独身汉子，他只穿着睡衣，裤子当然没有。他叫这娘们到内屋里脱了上衣，又一定得脱下衣，说是检察治病的手续。娘们不肯，但是怀疑是为了病的关系，便全脱光了。这位院长却复在上面，想放肆了。结果是娘们的哭喊惊动了全院的华人与看护，全跑进来，他，这东西跑了。娘们的男的，后来到公安局告状。……"朱先生一面说，一面将脸都涨红了。

于是"可恶"，"该死"诅骂话，人人都说上一句。

接着他们说了许多日本人在南满的故事。

这一张报我取到屋子中却一连三天没肯去作如厕的利器。不知是为保存故事，还是别的原因，老是挑着别的报用。

又一天是星期日，我同三位先生到铁道局的宿舍中去。几位年轻的由北平毕业到此实习的学生，他们咳声叹气地一致说这个地方的苦闷，但为了生活，究竟还是得上班，领薪，熬他们的日子。其中有一个说："你们那儿好啊，多自由！至少每人一间屋子，真的是桃源了。"

我们同去的只是相视微笑。

出门的时候，我无意中看得见墙上的小木牌，大意是注意清洁，后面却有敬惜字纸一类的话。说是：字纸不可乱抛，应该珍拾起来，我在心上动了一动！我想我未免太不珍惜了！

晚饭后，又得如厕，所有的报纸都用净了，只有保存着关于某医院强奸华妇的新闻的那张。为了需要与保护自己起见，究竟带去铺在长方孔的上面。同时我悠然地想了，"人道"只可以这样在足下，在垃圾中践踏与撕乱？

但一念及这日所见的局长的示谕，我觉得悚然了！

不是为珍惜字纸，却保存了三天的报纸！究竟须将"人道"两个很好听的名词踏了！

但那个故事却永久保存在我的记忆里。

松花江上

　　两条名字异常美丽，且富有诗意的江水，偏在东北。我们想起鸭绿就会联想到日人的耀武，想起松花就有俄人的暗影。风景的幽清，自来是战血洗涤成的，人类原不容易有真正的爱美的思想，那只是超乎是非利害无关心的一时的兴趣的冲发，及至将他们的兽性尽情发散的时候，那里还管什么风景，文化。左手执经，右手执剑的办法，这还是古代人的憧憬生活，现代呢，一方将理想、美化、人道等一大串的好名词蒙蔽了世人的耳目，摇动了一般傻哥的痴心，实在呢，野心家们却只知飞机、战炮、毒气去毁灭一切，摧残一切，为他们的人民，为自身的功勋，都似言之成理。然而是人类的凶残欲的露骨的挥发，揭开伪善的假面具，我们将看见这些东西的牙齿锐利与形象的狰狞。从前人说一部《念四史》完全是一部相斫书，人类的全历史呢，物与物相竞，说是利用弱肉强食的公例，人并不能比物类超出多少，人们在不自知中用此公例彼此相斫，所以到处是血洗的山河！

　　偶然来到这北方之上海东方之莫斯科的滨江；偶然在这四月中的晴和天气在松花江畔流连，看着那一江粼粼的春水与横亘江面的三千二百尺的铁桥，水上拍浮着的小木筏子，以及江岸上的烟突人语。我同王张两君立在几个洗衣妇女的旁边，岸上的短衣沾土的中国苦力，破褴，无聊，仿佛到处寻觅什么似的白俄，与偶而经过的日本人，挽杂的言语与奇异的行动，点缀着这江面的繁华。我们几次想趁小火轮到江对面的太阳岛去看看那边的海水浴场，与俄人的生活，江流迅急，当中有一段漩流，虽然坐了小木筏也一样过得去。大家却都不肯冒险。问了几次小火轮又没有过江去的。末后我们只好雇了一只木筏放乎中流。究竟没有渡过江去。在江边停着许多中国的小轮都是往松江下游各县去的，正如长江边的扬州班芜湖班一样。其实松花江的水比著名的扬子清丽得多，或者两岸小沙土的缘故，也许是船行较少不挟着很多的泥沙。当此初春，四望微见嫩黄的柳枝与淡碧的小草，在这"北国"中点缀出不少的生趣。

这条铁桥虽没有黄河铁桥长，然而背景太好，不是茫茫的土岸，童山，这里是繁盛街市之一角的突影。由许多雄伟建筑物迤逦着下拢来的清江，像一段碧玉横卧在深灰淡红色的旧时的绮罗层中，古雅中不失其鲜艳。而且因为地带上富有国际趣味的关系，容易使人联想到旧的残灭与新的发展。从这边溯上或沿流而下可以浏览这"北国"最美丽的沿岸的风物。

以这里特有的气候与特有的自然风物，以及近代的都市文化之发展，与俄罗斯的气氛之浓重，形成一种异常的氛围。我在江中的筏子上感到轻盈也感到雄壮，比起在柔丽的西子湖边荡舟的心情来迥然不同。人所可贵的是联想，而联想乃由环境的不同刺激而成，为各别的异样。是在"北国"的松花江上，这里没有黄河两岸的风沙，童山，土室，也不像扬子江两岸的碧草杂树，与菜圃，农家。然而近代生活的显映在岸上的建筑物与人民的服装中可以看得出。再往远处去，塞外的居民，雄奇的山岭，浩荡与奇突雄壮的景象，是有它自己的面目的。

  初暖的春阳，微吻着北国的晴波，
  鼍面筏手高唱着北满的歌相和。
  远来，远来，浮动着现代都市的嘈音，
  飘过，在活舞着双臂的劳人心中起落。

  包头跣足彳亍着过去异国的流亡者，
  他是愤怒，惭悔，希冀对望着旧的山河！
  诗的趣味，画的搜求，在这里一切付于寥阔，
  沉着——烘露出，吟啸出这铁的力量的连索。

坟园中的残照

极乐寺的硬造生拼成的东方趣味,远不及那并不是游览胜迹的两处外国人的坟园使人感动。据极乐寺的碑文上说,是十六年(当然是民国纪元)什么长官军官之类的大人们醵资建筑,此处破天荒的丛林。大书深刻地高大的新碑,在方砖的中间矗立着红漆金边的佛门,南北对立的钟鼓楼,看去象是用木架搭成的。向东的大殿中自然也有三尊大佛,两旁十几个罗汉怒目扬眉,或是低眉合目。还有由西湖某寺揭来的百八罗汉的石刻像片在闲屋子中悬挂着。除此外有在寺门口值岗的警士,深色衣服的几个僧人。好在太新了,全院子中没有一片苔藓,没有一块破碎的砖石,粗雕的石狮,耀黄的大香炉,我们在里面瞻礼一过,我总替这殿中的几位尊佛们感到寂寞。佛家会嫌寂寞么?空山古寺,悬崖呗声,这不都是出家人干的生活?极乐寺隔着繁华的市内有十余里,在这片平原之上,扑面的朔风中有此水门汀玻璃窗子的寺院,难道不是清修之所?这不也一样的寂寞么?但我的心理上却总感到这个建筑物嵌在一处极不合适的空间,又加上崭新的庙貌,逛来逛去找不出什么意味来。

出门去,与开车的破衣服老俄人说了一句,便风驰着往俄罗斯人的公墓去。

记得友人落华生曾说过一句:"中国人是有上坟瘾的"。不错,我也是有这么样的东方趣味的瘾的。小的时候读《聊斋》每每爱看文士野居,与坟为邻的故事,又记得读《古诗十九首》到"松柏夹广路,下有陈死人"等等的句子,每每使我的童心中生出许多幽渺的遐想。这或者是个人的趣味,与幼时的读物的影响。总觉得一个生力活泼的人踏足到丛葬了过去人的地方中间,即使没有"幽室一闭,千年不复"的悲哀,然而踏着青草的墓地,听着萧萧的树声,再加上四围变化的景色,那荒残的碑碣,冷硬的土块,"万岁更相送","年命如朝露"的不能自已之感,它会自然进入你的心头。本来生命原是一个奄忽不易捆捉的谜影,它使你不易了解,更使你无法随手可以捕捉得到。世间有几个圣哲能以从万物并作之中以观其"复",又无术可以延年不死,寿何所止,这生与死之间确是人间的一层打不开的魔障。生之国内诚然是辛劳,苦难,从初有人类直到现在的物质文明的发达,人人都是挣扎于生之流中,以自劳其生。虽然这样,人谁愿抛却了这复杂的人间呢?因为不愿,不肯,不甘心弃却人间,所以对于永久安息的死的关怀,便成了多少诗人哲士的吟咏讨论的问题了。

正当大门后面,一座白石的大十字,还有辉煌的金字刻在上面。几株刺槐在寂静中摇动他们的新叶,其后便是数不清的坟碑。自然在此中也有阶级的分别,竖立的十字架,云母石的,精铁的,粗石的,木制的,大小不同。而坟台上有的披拂着小花草,有的有鲜花圈,有的便只是一个冷清清的石面。每一个坟墓上都刻着死者的名字,间有较多的字,大约是略史了。可惜我们不通俄文，不知在这些符号之中告诉人间的是些什么事。坟园中收拾的颇为修洁，几条土平的甬道，与小块草地，杂植不少的不甚值钱的花木。这比起中国的白杨荒坟的景象来好得多。然而比起西湖的山中的墓田的天然胜景，觉得这样罗列的"土馒头，"也未免太平板了。讲绝对省事的话，还是火葬来得干净。日本人虽是一切的政化力追欧西，而独要保存这样"蛮迹的遗风"，却不为无见。中国人以一家为单位，向来是讲究"堪舆学"的去选找佳城，即是旷达点的文人还想"埋骨于青山佳处。"而西洋人也还是葬于公地，立石为纪，"死生亦大矣"的思想，西洋人也不比这讲究送死的中国人高明得多少。其实一阵烈焰之后扬骨成灰，早早将过去的人身的物质与它们原来的化合，多省事。实行"死欲速朽"的办法，日本人是比较彻底的了。

我在这些乱坟中间这边那边的低头行去，有明丽的残碑，有生意蓬勃的草木，有三五个归巢的乌鸦，并不寂寞，也感不到幽森。只是对着这些陈死人的宿处，想到人生的严肃，真的，在这样的环境中是不会有深沉的感伤的。陶渊明不是说过么，"衰荣无定在，彼此更共之，"生与死诚属人生的大事，然而这点界限是我们更共的事，英诗人葛雷的话说的更干脆：

The boast of heraldry, the pomp of power,

And all that beauty, all that wealthe're gave,

Await alike the inevitable hour:

The paths of glory lead but to grave.

这同归于尽的感怀，凡是诗人到这种地方是谁也不能免。不过我们因此却更应该珍视生，与对于生更应持一种严肃的观念。

不可因为有终归一个土馒头的念头,便将"生"来毁灭,抛却,与玩视了。

　　本来对一切事见智见仁各有各的心思,不能从同,也不必强同。比如那看守坟园的人,他终天对着这些死的纪念物能有什么想头?一年中不知道眼看着多少棺材送到这片土下埋葬,多少男女到这里来献花凭吊,甚至哭泣,忧思。平常得很!想来他看得颇淡然了。有色的眼镜遮蔽了人生的真象,(其实根本上没有真象,可以借用一个名辞,一切都是"假象"。)于是利害,是非,与笑,咷,喜,哀,纠缠不清,也因有此世界上才有不一律的花样,供人把玩,费人索解。

　　我正在草地上幻想着无穷的无穷的这些事,张君在前面招呼我道:"快点,出了后门,还得去看犹太人的坟。时候不早了。——"

旅　途

除掉几位一同由上海来的熟人之外，所有的旅客都是一样陌生的面孔。经过两天甲板上与吸烟室中的交谈后，各人的职业与远行的目的地多半都能明了。自从意大利邮船开辟了到上海的航路以来，中国向欧洲去的旅客搭较为迅速的意船比乘英法船的日见增加。这一次在同等舱中中国人便有三分之二：公费私费的学生，各省专派去调查实业教育的职员，商人，很热闹，每到晚上言笑不断，又是旅途上初遇，到遥远的地方去，自然有点亲密。

正是船抵香港的头一天，晚饭后，三三两两在闲谈着些不着边际的话。有几位是往南洋去的，一定在新加坡下船，很高兴地说："路程已经一半了，可是你们还早得很。"是的，即到新加坡还不过海程的三分之一，心里惦记着印度洋的风涛，又回念着国内的家庭，戚，友，与各种事件，任是谁难免有茫然之感！

虽然船上的饮食颇为讲究，一想，早哩！常是那样的西餐便不禁有点怅然，但我在这两天里反感到心绪渐渐宁贴。因为这次的远行曾经挫折，虽是从年前就计划着，中间因为旅费与其他问题已决定不能成行，启行前的十几日，忽有机会可以去了，便重新办理一切：护照，行装，以及说不清的个人的事务。直到上船的那一晚上为止，身体与精神没曾得过一小时的安闲。虽是陌生

的面孔，虽是远旅的初试，但一想这是暂时摆脱一切，去看看另一样的社会，反而觉得十分畅快。除了吃饭洗浴之外什么事情都不忙迫，比起未上船时的情形，劳，逸，躁，静，相差到无从比较。又幸而风浪不大，躺在椅子上对着白云，沧波，什么事都不多想。

凡是旅客们大概都耐不住长时间的沉默，总欢喜彼此闲谈。灯光下各人找着谈话的对手，海阔天空地谈着种种事。当我从吸烟室穿过时，看见一个学生服装的瘦弱青年独自据了一张方桌，孤寂地坐着，不但没人同他说话，那张桌子的三面完全空着，并无一个人坐的与他靠近。在满屋高谈声中显见得他感着过度的寂寞！我便坐在他的对面，彼此招呼之后，我们便开始作第一次的谈话。

"那里去？——南洋么？"我猜着问他。

"是，南洋，新加坡，先生往欧洲去？"

他的话不难懂，然而并不是说的官话，从语调中我想他是江苏的中部人。

"你是那省人？……看年纪很轻，到新加坡有什么事？……"

他的微黑的脸上现出淡淡的苦笑来，"先生，不错，我才十八岁，家住在江苏的江阴。"

"啊，江阴，那不是与清江对岸的地方么？"

"那是小县份。我去新加坡找我母舅，——他在那边的华侨中学里教书。"

他的言谈从容，态度沉静，虽然不免有一层阴郁的暗云罩在脸上，然而无论如何，能看得出他是一个受过好教育而无一点浮夸气的青年。

"那末，你去，……"

"去，是他——我母舅写信叫我去的！因为我去年夏天在县里的初中毕业，再升学，不能，闲着又怎么了。家道呢，原是种田的人家，不过自从我父亲前些年死去之后，便把田地租与他家，——自己种了，吃饭还能够维持，可是我母舅来信说：年轻，在乡间尽闲着也不是事，叫我去到他那里想法学点英文，好干小事情。"

"家里还有多少人口？"我对这么诚恳的青年便不客气地详细问起来。

"一个姊姊出了嫁，现在除了我就是我的祖母与我的母亲了！"他呆望着门外夜涛的眼睛中浮动着一片泪晕。

"啊！祖母，母亲，连你才三个人，真是太清寂的生活呀！……"我对答着他，即时也记起了自己在童年时代家庭中的情形。

"唉！她年纪快七十岁了，……我祖母，自从先父死去，她越显得老了，不到一年头发便全变成白色。……我母亲也有病，幸而她才四十几岁。先生，我这次出来……"

他要说下去，或者觉得是有点兀突吧，便把话停下来，一只手抚摸着桌上的咖啡色的薄绒桌衣。

"我晓得，我也是自幼小时便没了父亲的人！不容易，想来你这次出门还是第一次？"

"头一次离开我的家乡，先生，……不是有我母舅在那里，我母亲是不会放心我去的。我走时费了不少的事，凑到二百元钱，……"

"幸是你家中还来得及。……"我虽然这么说着，可是正在想象中绘出一幅这青年游子临行时与那两位孤苦的女人在门前泣别的图画。

"唉！现在什么都不容易换出钱来，米价又那末便宜，……可是二百元到上船时便只余下不到六元了！……"

"江阴到上海路不远，做什么花费去？"我疑惑地问他。

他见我颇为关切，便把在上海时托人办护照花去一百数十元的事详细地对我说了。原来他是头一次到上海，又没有一个可靠的熟人，护照怎么办法，他毫无所知。不知如何转托人说是得往南京去办，于是那代办人的种种费用都有了：路费，衙门中的花销，吃饭，汽车，……及至护照到手，这青年的学生却把由家乡带去的钱用去多半。这无疑是上海流氓的生意经之一。本来护照由上海市政府可办，何须一定往南京去；更那里有如此高价的护照费。我听完后不禁再追问一句：

"那时你到寰球学生会去托他们办也不至如此吃亏。"

"我不知道这个会，因为我对于那么大的上海是毫无所知呀。……"

他紧接着把眉头皱起，声音也低了好多，"以外便是旅馆费，买船票，做一身白色粗哗叽的学生服，……好歹能够到新加坡吧。上船后，……现在还剩下五元与几只角子。"

"过了香港再有两天便到了，船上不用花钱，你尽管放心！"我只得这么安慰他了。

"但是,……明天一早到香港,我听沈先生说,可以发电报去,到南洋时有人接。我也记起来了,从上海走时并没给我母舅一封信,——其实写信也来不及,他不知道我那天准到,坐什么船。先生,在上海我已经是什么不懂,外国人的地方——新加坡,如果我母舅不来接我,英国字我只认得几个,广东话讲不来,而且我母舅教书的学校是在新加坡市外的芙蓉,听说还得坐两点钟的火车。……这不是困难的事!我下了船一个人不认得,一句话弄不清,又没有钱,……所以我母舅不来接我,我真是一点法子也想不出来!……地址我这里有,据沈先生说,打一个电报去得合四元多的大洋,下船时又得给外国茶房几元,我愁得很,那里想到!以为上船后便用不着什么钱了。"

"是不是要往巴达维亚去的沈先生?"

"是呀,我与他住在一个房舱里。"

沈先生是一位四十多岁的教育家,他曾在江苏与别省的中学有十几年以上的教学经验。这次也是由新加坡上岸转往荷属南洋的华侨学校任职。从他的沉静的态度与恳挚的言谈上,我便知道他是个良好的教师。在头一天我同他谈过一小时,所以这位青年学生提到他我便知道了。

"出门的人钱是一时也不能缺少的,何况你这次的出门太不容易!……好吧,我上船时还有几块现洋,本来预备在香港或有用处,这一会我下去取来送你,可以够打电报的费用。都是为客的人,能够相助的。你也不必客气了。"

"先生!"他的眼睛里泛出感动的光彩来,"谢谢你!我什么不说了,……请你给我一个地址。"

他从衣袋中掏出笔记本来要我写。

"不,我到欧洲去还没有一定的住址哩。"

他又要我把家中的地址给他,我写好,他把笔记本慎重地装入袋中,接着问我往欧洲去的目的,同行的人数等等话,无论如何,他现在觉着快慰得多了。

回到舱里取了一张五元的钞票,——这是我上船时除掉把钱兑换成汇票外的零余。——重到吸烟室中送与他,他诚恳地接了,只说:"日后总得兑还先生!"

这时已经快十一点了,室中人渐渐散去,这位学生也回到他自己住的房间中与沈先生商量明天打电报的事。

与这位初次尝试到流浪于旅途上的青年谈过了"一夕话"之后,我在甲板上靠着船舷,静谧中引起我的回忆与想象。

谁没有一片真纯的爱子的心!何况是从幼年时失去了父亲,为了期望这孤苦的孩子长大,饮食,提抱,当然费过那不幸母亲苦痛的心血。及至十几岁以后,便不能不为这青年人的将来打算,无论怎么说,在社会制度还没达到儿童公育与废除家庭的阶段,即使是一个愚笨不过的妇人也眼巴巴地望着她的孤儿能够成立。不必希望他是什么了不起的人物,"不要下流了,好好地做人,"她才觉得对得住自己的苦心。尤其是中国的家族制下被压迫的旧妇女,假使不幸死了丈夫只余下幼小的孩子,这"寡妇孤儿"的苦况不是经历过的人怕不容易想象。也因此,受着这样磨难的母亲对于孩子比一般处境安乐的妇女便大不相同。……

这缪姓学生的家庭状况,虽然他对我只是淡淡的述说几句,恰如读封真情流露的诗歌,我是能体味其中的苦趣的。她,他的母亲,能以凑备旅费打发这十八岁的孩子单个儿向南洋跑,情愿在乡间陪伴着那残年的老婆婆过苦难的日子。想想她给他装办行李时间的滋味;想想她在初黄的柳枝下送孩子第一次远行时的泪眼!她心里藏着些什么事?期望这孩子的将来,——那一点真纯的爱子心肠如何发遣?……现在呢,她大概在床上做着一个忆往的梦境吧?大概暗暗祝祷着她的孩子身子很健适,意兴很活泼地到了自己的兄弟的住处吧?

我替人设想着,同时记起我在幼年头一次出门时那一个下午的光景。

已经是二十几年前的事了,但我没曾忘过,而且每一次想起如同展开一幅色彩鲜明的绘画。自然,前若干日便有了出门的计划了,可是直到那一下午,我母亲并没与我说过几句关于出门的告语。那正是十月初旬的晴明的秋日,大院子中的日影从东边落下来,渐渐地只有不到三分之一的砖地上映着斜阳的明辉。一只花猫在门槛旁边,懒散地抬起前爪蘸着唾液洗自己的面孔。阶前的向日葵,——那碗大的黄花正迎风微动。我的祖母——她是子女都已过世的老妇人了,现在只看着我与三个姊妹在我的母亲的面前。——吸着长烟管,正在与我母亲说话。我在廊檐底下走了几个来回,觉得像有些心事,知道今夜须早早动身,好赶距离七十里路的火车。关于应带的行李自己不知道收拾,母亲与一个老仆妇,还有一个女孩子,从昨天便给我预备好了。有人送我到那个大城中去,走路也用不到自己费心。但我缺少什么呢?想不出来,久已希望着到外边去的志愿已经达到,然而在这临行的头一天,幼稚的心中仿佛填上了不少的沉重东西!

捱了一会，踱到屋子里，在光漆的方桌一侧站住，沉静地不说什么。她们看看我，把谈话中止了。旱烟的青圈浮在空中，迸散了一个再现出一个。还是坐在椅上的母亲慢慢地先说了：

"你的行李都已交与贵林了，他从前走过很多的路，错不了。到省城去，有什么事不懂的问你大哥。……"

原来我的堂兄那时正在省城的法政专门学校读书，还有几位同族的兄弟也在各学校里。

她停了一会，看看我，又说：

"你走了，你妹妹们还请先生教着她们上学，她们，……小哩！……"

以后她不再说什么了，类如自己当心呀，天气不好穿脱衣服与饮食的注意呀，我母亲在我头一次远去的时候反而一个字不提，就只是那几句慢慢说的话。

就只是那几句慢慢说的话！——对一个孤苦孩子头一次离开了自己说的话！……然而我那斑白头发的祖母已经把脸低向着雕花木格子的墙角了。……话再不能多说下去，我低头答应了一句：

"放心，……我知道了！"

回忆起我比这个学生还小四五岁时自己头一次出门的况味，……他更是孤单，从家乡中跑上往外国去的路，比起自己来又如何呢？

天空中星光闪闪，远送着这只轮船向天涯走去。深夜的暗涛载了许多人的希望与悒郁，随时默化于他们的心底，……浮动于他们不同的幻梦之中！

第二天的下午,我在船面上的起重机边又遇到了那个缪姓的学生,他笑着说:

"沈先生上岸时把电报打了,还是他给我写的英文电报稿,没用到五元大洋"。

"这你可以放心了。"我也微笑着。

又过了两天,船抵新加坡时,我遇到他站在头等舱的客厅门外候着查验护照,交人头税,我被同行友人催促着便先上了岸。

以后在这只船上便没有了这个青年与那位中年教师的影子。

又过了七八个月,我在伦敦接着一张附于家函里的信笺,上面写着:

　　××先生大鉴;迳启者,前由舍亲缪某在旅次向阁下借银洋五元,今特交邮汇奉,至希查收为荷,并致谢意!专此即颂大安。

　　　　　　　　　　　　　　　徐某顿。

失业者之歌

不要为他们的眩耀的城市外表朦蔽了你的观察，更不要只看见那些丰富、整齐的装扮而忘记了在绅士，淑女，商贾，流氓……脚下有另一样的人群。建筑的伟大，音乐的铿锵，漂亮衣服的男女，华缛奢靡的大旅馆，如长蛇阵的汽车群，性的挑拨的影片，剧场，俱乐部，大公司。……更高尚的尤其令每个旅客所赞赏的是艺术品：古代的王宫，罗马式与峨特式的礼拜堂，美丽的雕刻，丰富的绘画。总之，那些说是表示着文化生活的一切东西有一种分享的魔力向你诱引。因为它们使你感官快慰，使你心血活跃，也使你觉得清高，伟大，骄傲。

然而一个深思的旅客除去看见那些物质生活的表面，与艺术的真赏之外，他可以将历史的前页反转来读读么？

不看历史，他可以分点时间将现代的人群生活的各方面想一想？

八月初旬的一天是礼拜六，因早被友人约定到午后去看在雷近特公园（意即摄政公园）开演的《仲夏夜之梦》。先与S君乘公共汽车往伦敦市政厅的教育处定购教育照片，S君是久在教育界服务的,他想将伦敦小学校中作业,上课,演剧的照片买几十份回国去作为资料,约我同去办理。

及至这件事情办妥之后,已快近十二点了。离开这所伟大的建筑物,沿泰姆士河南岸走。十分晴暖的天气,种种车辆由桥上经过,满载着游人与从各公司下班的男女。时间不早了,我们来不及在河边散步,浏览风景。由威士敏司德的地道站乘车到雷近特公园站,乘客比平常的日子加多。他们很兴奋地由工作的地方下工归来,或者携带什物预备出游,或是往电影院去挨号购票,松弛了六天工作的劳困,无论如何,礼拜六的下午他们总得好好安排着去寻找享受。我们出了地道站,找到一个小馆子吃了一顿午餐,便往公园中去。因为小馆子隔公园极近,走起来不过十分钟,我同S君缓缓地拐过街角。忽然来了一位穿粗蓝衬衫的中年男子向我手里塞进一张印刷物,标题是:

Written by an

UNEMPLOYED

EX-SERVICEMAN.

以下是两个Peges的诗歌。我明白了,从袋里掏出了几个辨士送他。一声谢谢,他又抱了那一叠的印刷物往别处去。他是个高个儿,瘦子,红脸皮,胡根不短,旧皮靴,青粗呢裤满带着伦敦街上的尘土。

正横过汽车奔驰的大街,不能细看这告白中的意思。走到公园的沙道上,我才得粗略地把这篇动人的诗歌看完。

"To-day our hearts are full of woe, our heads are bent in shame,"这两句沉痛的诉语是多么有力量，多么动人！

这完全是一个失业者求助的哀歌，然而他们都是欧战中捍卫他们国家的壮士。幸而不曾暴骨疆场，从炮弹，刺刀之下挣扎出生命，直待到大家停战得回故国。现在呢？他们失业了！素以繁盛之邦自诩的"大英帝国"，竟没有这一般当年拚命为祖国争光荣的中年人吃饭的地方，——其实他们是要求工作。

事过境迁，那个四年又四分之一的恶劣，残酷，人类用他们的智力与体力互相屠杀的战争完结了，死者，伤者，疾病者，合计起来是一个可惊的巨数。然而在人类扮演惨剧之中，被引动，驱迫，以伤以死的男女，试问是社会中那一层人居多？另有人则借用国家的威权，控制着社会的力量，财富，以种种方法鼓舞那些青年去拚命，争光，又发给他们一张无期兑现的支票：什么更新的社会制度，改善的经济状况，……尤其重要的是失业者之消灭。

然而事过境迁了！政客们口头上的恩惠随了私人利益，党派垄断以俱尽。人人以战后新时代相望的，也都失望而去。由于加紧的商品竞争与企业者的私图，遂至经济制度日趋紊乱，而一般人民的生活愈加困苦。……到现在，高度的军备扩张与互相猜忌的国际形势，正在预备第二次世界大战的爆发。

各国失业者日渐加多，他们经过欧战的教训与当前的困苦，更感到弱者的悲哀。

不是么？伦敦，巴黎，罗马，柏林，那些或觉得如地上天堂的大都市中，流浪的无食者，乞人，残废无依者，只要你不是终天倚在汽车里，或常常闭藏于图书室中，你住的日子略多几天，你就会从那一层的人民身上,从他们的目光中,找到这些虚张声势,"血脉偾兴"地所谓"列强"的病源。

在伦敦的中等街道上常常有面容憔悴,蓬发粗手的工人来往徘徊,或是顺街疾走。到处想找点小机会可以弄到这一天买面包的辨士。我遇到不止一次了。他们搭讪着同你说话,给你引路,末后要讨几个。其实比起那些站在小饭馆门外手托火柴等着舍施的乞人尤为难过!因为这些徘徊或疾走的失业者,有很好的体力,也有工作的经验与技能,他们还不肯作一个社会上的废人,向人前求乞,也不同残废者只望着别人可怜的同情,然而他们拿什么吃饭呢?

他们有筋力,有技能,有历练的头脑与两手,却不能凭空去拿面包。

为了这张呼诉的诗歌,我想起了种种的事。

沿着平铺的沙道向前走,两旁的长木椅上有些心情闲适的男女带着小孩在那里享受八月中的阳光。青年的恋爱者用潇洒的步法挽臂并行,交谈着他们的密语。草地上有几个十多岁的学生打球。转过一边,往演剧场去的人特别多,虽是平均得花四五个先令买一个坐位,而且还是露天演唱,得借重呢帽遮蔽日光,然而人特别多,尤其是妇女。本来莎士比亚的大名擒住英国人的心。他们认为到公园中看看这些情节变幻怪有趣的男女争情的名剧,是高尚娱乐之一。妇女们带着廉价本的莎翁剧本,平静温和地去赏鉴司考脱小姐去的荄米亚(Hermia)与艾温思先生去的莱散呆(Lysander)。过去的贵族社会的梦幻,恋爱的游戏,插诨闹笑的松散趣味。……也许有些真诚来看戏的人,在心中充满了对人物的同情，与叹赏那伟大剧作家的"意匠"。

就象这露天剧场的老板自己的告白："……听众由于时间的限制只能看到最可爱的大树，灌木，与露天的布景；而在戏剧的本身上以及艺员们的扮演上，听众便重返于过去的型式，恰像在伊里莎白的时代中的式样，只有一次便可牢牢记在心上了。"是啊，就是这点引动力，使许多男女来看看伊里莎白时代的人生。而莎翁笔下的伊里莎白时代的人生可有好多王子，爵爷，公主，侠士，仆人，小丑，……与他们的高贵，骄纵，爱娇，滑稽，悲哀与欢乐。……

又一样的时过境迁！过去的生活，过去的趣味，过去的教训与风俗，遇到历史的压力都成粉碎，只能在扮演中去寻找鉴赏。——自然，伟大的作品过时仍然有其价值，但，无论如何说，时代是变了，——而多数来此观剧者又只是为的娱乐。

这不是明白的对照？街头，巷尾，无业人借着沉痛的文字向行人哀诉，而绿树荫下正扮演着过去的有趣的喜剧，以博那些快乐男女的赞赏。

二十年前说是为爱你们的祖国在战场上作血腥的沐浴，活该！是国民的义务！但二十年后的今日，城市的奢华，绿酒，红灯，管弦，酒肉，以及什么制度，法律，种种的束缚，经济，政治，种种的窘迫与谲诈，有什么呢？残废受伤的老人脱帽乞食；流离失所的壮士，连找事情吃饭也不易办到。是呀！他们控制着物质的发展，他们也懂得用精密的科学方法处理社会的事务，他们更以最高度的文化互相期许。

然而现实的暴露是有力的铁证，那一段悲凉的诗歌比起报纸上长篇的记载尤易令读者为之激动。

  那是一九一四的八月间,
  我们的土地在恐怖中被掠夺了,这最大的恐怖曾经看见。
  那完全是想不到的,我们都惊慌着跳起
  才知道老英国与残暴的日耳曼人发生了战事。

  "英格兰的防护"这喊声叫起了每个忠实的男子,
  我们回复了她的命令,——保护她被人侵凌,
  去为正义,自由,公理的原故战争
  我们集合起,围绕着"联合章旗";反抗日耳曼人的暴力。

  我们的母亲,妻,爱人,向我们说了她们最后的再会,
  送我们到辽远的地方,去战胜或者战死。
  悲痛塞满了她们的心,眼中满含着悲伤泪,
  祈求全能的上帝保佑我们在未来的日子。

  舍却了我们的幸福,离开了我们的和平家室,
  与我们的十分相爱的朋友越波涛而远适。
  抛开了合适的职业,我们的国家得要防御。
  凭着我们心中的希望与勇气去战到残酷的末日。

  是啊,我们忍受着痛苦经过那末长久与不幸的时光,

在你们的国家中保你们平安,我们再干得一个样。
当终了时我们全是些英雄,可是如今战事过去了,
为"我们曾为人效力过"我们乃排门求望。

假使明天战事爆发你们要说:"这里是你的枪枝,
回去为我们流出你的血,直到获得胜利;"
"欧!你们干吗这么自私?这时候把每天的面包给我们呀,
或在我们的热血流出之前那种种情形已能允许。"

我们可怜的老母,姊妹与妻怎么样呢,
为她们的自由与生活把我们舍往战场?
现在她们在困苦中她们的心意痛伤,
全靠着我们这些生物才能免却饥荒。

假使还为你们作战保你们平安与稳固,
你们安卧于羽毛床中我们却躺在土地,
沿血染的前线枪子与炸弹把我们包围——
战潮过了,你们能助我们去当住这等冲击?

现在焦急充满了我们的心,我们在耻辱里低了头颅,
躺在水沟中什么没了只有一个名字;
在铺道上画出种种画图,也磨碎了机体,
从同情地善心中去求一个尊敬的辨士。

小孩子怎么样呢——他们瘪着肚皮能够受苦?
你们能以衣食相助——他们的爹爹被人杀戮?
你们真不能反对我们"按照教律,"
我们恳求些必需的援助。

对你们的雇主说一句——给点事情我们能做的!
向前伸伸你们帮助的手——种种位置现在很少有,
把一切的寄生虫驱逐去他们一丝毫都不在意;
当我们——这些英雄拚命时他们在平安里藏起。

我们的恩给金已经用了——我们能倚赖什么呢?
记住这一句古语:"于今补救还不算太迟;"
给一点小小的但要常给——你们可得到相当的报偿,
愿你们有福了,我们要恭谢天主。

别的心太狠或是自私,把你们的心现在开放吧;
快快作冤苦喊声的答复,帮助一个失路的游子:
解救了我们的不幸,如今巨炮的吼声已息,
救世主他将引导你们往他的平和的天室。

  这一首粗壮的诗歌不能算是激烈的抗争,而是哀鸣的求乞。"给我们以能干的工作","女人,孩子,都等着我们吃饭,"这类话之外还得加上宗教上的祷祝,如同"老爷,太太做做好事

有你们的好处呀"意思一样。

不必说根据什么道理以鸣不平,只是饿极了申诉前功以求后效!……然而一般正在想尝尝梦幻般的伊里莎白时代生活趣味的男女,有多少人会被这种粗纸印刷品的申诉诗感动?

又是一个对照,用精纸彩色印的女伶们的脸蛋与奇异服饰的剧中人物的大本子,那不是标明六个辨士的定价吗?封面上有一行大字:

"露天剧场纪念品。"

每个顾客从年轻的"女招待"手里买来一份。

厨工的学校

你们以为这个题目太新奇吗？是的，我也觉得如此。我们知道在中国的女子学校里有烹饪一门功课，无非是照例的公事。做饭还要值得费精神去学吗？不必说男子是有诸多事情要干的，即是女子也认为这等学为"贤妻良母"的课程多无聊！况且人而学到做饭，洗菜，下厨房，仿佛已经是人生最没出息的事了。虽然古有易牙以调味知名，那不过是齐侯的弄臣，至今只有司务师傅们去祭拜他奉为祖师，在所谓士大夫们的口中借他的大名掉掉文而已。

然而伦敦却居然有厨工学校，而且布置得十分堂皇。它的校长还特为招待客人尝试学生们的割肉，调味的手段，不但不视为贱役，并且要学法文，学物理、化学等课程，好造成现代的西方式的易牙。

题目是我起的，其实他们这所学校总名为威司敏司德专门技术学院，内分艺术科，土木工学与构造工学科，瓦斯工学科，建筑科，（包含测量估价等）另一部分便是旅馆饭店的专科学校了。各部分暂时不能一一详述，单选这最别致而比较少见的一部，把他们的学科，实习的种种情形写在下面。

据其校长郎博士（Dr. Long）讲，在伦敦这样的学校还不多。为什么他们特为设此班次？并不是专为吃好菜，更不是为的好玩，他们的校章开始有这样的话：

现在的疑问，一年比一年难于答复的是："我们怎样给我们的孩子们想法子。"竞争变为过度的尖锐化，在许多职业中可以达到成功者是要有手艺的最高级，并且得经过科学的训练。所以明达的父母们在为他们的孩子们决定一种事业以前，须加意想想在职业的一切道路上有可能性的。

为的易于谋到职业，又为使烹饪科学化，他们创办了这个学校。自然在这里没有什么人生观，什么主义，理想，什么争斗的理论。这所学院，其目的原为使各个学生俱受过某种专科的教育，出外容易谋生。学烹饪的技术也是为解决生计。

他们的教务长，——一个络腮髯胡，红脸孔，大肚子的先生，——领着我们到课堂中去细看。这真是有趣味的功课，鲜嫩的番茄，豆荚，黄瓜，与诸种菜蔬如何切，如何叠，如何调味；生鱼一条条地在木板上，挑刺，去鳞；怎样做成种种吃法的小点心，卷皮，加油，包馅；甜食的花样更多，各种水果变成清汁；牛乳，糖，香料如何调制。分开部分，各自按时间去办。你们不要以为那是很容易的事，真讲究起来也颇费手。譬如中国菜不是分许多种类与许多地方的做法式样吗？

生火是分烧瓦斯与煤炭两部，许多穿白衣，戴白帽的青年在熊熊的炉火旁边烧饭，若不是有人说明，想不到这是在一所学校里面。

当我们看到做甜食的一部，有个学生只是用手指将馅子动了一下，这位教务长立刻予以纠正。虽是小事，可见他们的认真。

每个学生每学期交学费二镑，一年三学期共六镑。这个数目，在国内等于大学生的一年的学费，然而比例起来在英国的中等学校中算是缴费很轻的了。至于正式大学生，一年的学费都是几十镑呢。

学生入学的年纪以十四五岁为标准，但稍大者亦可。其掌厨部的课目：烹饪实习十七点，烹饪理论四点，英文五点，算术三点，法文五点，物理实验两点，（皆每周的数目。）从礼拜一到礼拜五早九点至午五点半，除去午饭的一小时外，皆有功课。

第二部是饭店训练班，两年毕业。学生年龄的限制与掌厨班一样。功课是侍务实习十二点，食单理论五点，烹饪两点，英文与商业地理三点，会计两点，簿记两点，法文三点，西班牙与德文两点半，物理实验两点半，（每礼拜的数目。）上课时间与第一部同。

这学校中的两部分俱尽力用现代的设备，有冷藏室，肉类室，两个厨房与面类发酵室，食物室与用具储藏库，体操场与学生食堂，还有洗浴室，与分类的各库，有公共食堂，是预备全学院中的职教员，学生与外来人吃饭用的。第一年级的学生即以此为实习地。

除却正式学生之外，还有专为成年妇女们设的日班，授以烹饪的相当知识，可任家庭中的此项事务。另有旅馆掌厨班，全在下午两点到五点半，每学期收费一镑。学生卒业后持有学校证书，易于谋到相宜的职业。

夜班是为成年男女补习烹饪而设的，每晚六点到八点。十二个礼拜作一学期。所授课程学生可随意选习，三学期卒业。

连正班学生合算在内，入校不须笔试，但须先经校长审查合格许可后方能入校。

有人看到此处，当然要说，这不是奴隶养成所吗？那么，我们也可开办黄包车夫训练班，倒垃圾的实习所了。这不明明是教导孩子去服侍人？讲什么人类平等与打破阶级观念！——是的，我起初也这样想，厨工不过做菜还可以说得过去，至于训练好好的小孩子怎样送盘，推杯，要酒，要菜，西方人之无聊，会享清福，资本势力下的花样实在够瞧。但又一想，每个人在社会中若不能自己勤劳，一切织布，做鞋，那样事不需别人帮忙？横竖无论什么样的人必须互助，在社会中方能站得住。自然，吃饭要人伺候与人类平等的观念似是说不过去，然而如果一天达不到人类的真正平等，社会上如何能够立时废除这种畸形的制度？

西洋对于这类职业并不认为都是贱役。自然，他们在社会上的地位不及官吏，大学教授，新闻记者，律师，医生，然而在这多难的人类社会中向那里去找，去抢，去用许多金钱弄到那些好地位？他们认为出劳力与手艺谋生，是凭自己的天赋力量与技能找职业，并非是专门给阔人们寻开心，当奴隶。"作工"这个意义恰等于国内时髦名词叫做"工作"，绝不是"小人者役于人"的解释。谈到这里，我有点附带说明。就当我与友人下了公共汽车往这所学院去的时候，路不熟，向街头的一位老工人问路。承他好意领导了我们一程，道中他对我们说："现在是失业了，"很牢骚，同时他从衣袋中将工人救济会发给他的维持生活费的凭单给我们看,并且指着其中的印花说:每礼拜可持此支几个先令,不过他的希望并不在此。因为一天无工可作,收入是当然少了,这么闲着力气,支维持费,他更不高兴。这是如何不同的观念!如在国内怕不是如此吧?又类如理发匠,中国向来是认为不是高等的职业,然而在英伦——不止此处——却认为是比较好的职业。饭馆侍者就名义上事实上讲,自然是替别人服务的,不过他们却不以为是没出息,奴隶的职业。现在还没有社会组织的根本改革,西方东方都一样还是有不平等的人类生活。如果说凡是这类的事情完全不要,我们要有我们的最高理想的社会制度,对呀,但那只是思想家或革命家去倡导去实行,如果一时办不到,而一般人还是得想法子吃饭,这就不能说为一般人谋一时的生计是绝对要不得的事。何况我们就事论事,他们——西方人眼光中的大司务与侍者并不与国内的达官,贵人,少爷们的看法相同。

不必过于跑野马了,社会制度是一个大问题,而生计困难也是现代没曾好好解决的大事。我绝不想去替守旧的英国人作辩护,更不希望中国也来创办这样的学校,——我们需要的技术学校多呢,数上二十样也数不到这两种!

我只是说他们的实在情形而已。

再回到本题。

所有一切应用的材料全由校中供给,学生须自备衣服,与厨房中各人用的小器具。午饭三器,学生吃一顿只付铜板三枚,这在伦敦是不可能的贱值。如在外面,三个铜板只可买两个面包而已。物理实习他们以为是重要课目之一,学生须自备抽水筒,实习用的衣服。

学校中有游泳池与游戏场，平日专供学生用的，夏天游客去者亦可借用。

清洁与秩序都令人十分赞美。类如冷藏室，洗濯室，化验室，无不俱备，其物理实习室的外面玻璃厨中罗列着许多小瓶，内里分类盛着厨房用的材料；如胡椒，芥末，面类，香料等，以备学生辨识与化验。其教室（专指教理论课目的）也与各大学的教室一样，并不寒伧。

自然这等学校是资本主义国家的产物，然而中国倒还没有完全走上英国资本主义的阶段，而贵贱贫富的观念在社会中比英国的社会也许还厉害点。不见"大人"们的颐指气使，"小人"们的奴颜婢膝，"万般皆下品，惟有读书高"，"满朝朱紫贵，尽是读书人"。这些士大夫的观念至今还弥漫于一般人的心中。（英国贵贱的阶级观念自有其历史的政治的背景，不能说是资本主义的作祟。不过贫富悬殊，及于一般人的生计问题，这是从十九世纪以来日趋严重的实情）。

我们天天吵着要平等，要自由，这模糊难于解答的名词使人人憧憬，想往，而现社会的情况却一天天与之相反。就阶级观念一端而言，我敢确说中国社会比英国社会还重些。

看过这个学院的一部分之后，使我想到英国人处处科学化的精神，一方又想着这苦难的人类社会，失业易而谋业难，未来的改革究竟要走那一条大道？

我没有这点希望，希望中国也摹仿人家办此等迂阔可笑（就中国说）的学校，然而要用物质建设救中国，却需要专门的技术人材。只有高深技术的理论家谈理析思是不成的，治水，造房，修路，制造种种物品，有科学的脑筋，熟练的手艺，方能措置裕如。中国人长于空想，短于实验，是的，我也是这样人群中的一个。但无论如何，将来的中国变到那一步，这等人材的需要却是事实。现代，机器与人生简直是分不开，无论你是如何不高兴它，事实摆在眼前，那能容你不管。所以科学化，科学的精神与科学的设备，在学校中，尤为重要。——自然我们还不需要这样做饭的学校。

这所学校的制度如何另是一端，单讲其设备与办法，所谓科学化，实可当之无愧。做一种小点心要从材料上作化学的试验，用瓦斯炉须研究物理的功能，从小事做起，从细处用思，不怕麻烦，不以为不足道，正与中国人好大喜功，清谈阔步的态度相反。

这是参观过这所特别学校的一点感想，下一次我另有一个题目，是《工人与建筑师》。

王宫与博物馆中的名画

　　从亚姆司特丹的中央车站为起点,经过一条著名大街——丹麦街,即可直达到这古旧的王宫。欧洲各国家中很少没有伟大王宫这类的建筑物。他们的皇室,贵族,在从前,"家天下"的专制思想与东方的君主的看法一样,直到现在还有将那华丽的建筑物标为都市文化的一种。不过我们走进这一所并不雄伟阔大的王宫中时,觉得荷兰到底是"小国寡民,"而且更看出以朴素见称的民族特性。虽以若干年君王的力量,其实这富有历史性的王宫是不能与巴黎柏林的皇宫相比的。王宫建筑于一六四八年,原是市厅,备人民聚会休息之用。至包拿帕提时才改为王宫。现在空闲着,变成游览的名所。房子的构造颇为奇特,据说下面有一万三千多根木桩支持着上面的建筑,木桩下在地下的深度约七十英尺。自然那时还没有钢骨的发明,但为什么他们不深打地基而用这许多木桩呢?我想,荷兰地面低下,海平面比地面高,恐怕土质松动所以用这样费力的方法使能持久。这是我自己的猜测,不知是否合乎事实?

　　从门口与外形上看,不过是一所略宽大些的三层楼,并没有特别的装饰,更显不出什么威严。但入内观览之后,却感到形式与内容的调谐。楼上有两大间餐室,与宝位室,应接室等。应接室的大厅规模颇大，上覆圆顶，宏敞明丽。四周墙壁全用意大利白色云母石钻成，墙上挂着种种旗帜与战胜纪念品，这都是当年荷兰人与西班牙印度人作战得来的。大厅的中央用许多小铜钉镶成一幅天空星座详图，颇为别致。光滑的云母石，亮亮的铜钉，再加上面悬垂的若干枝用切片玻璃作成的弔形灯架，若在夜间明光大放，那地石上的铜星座一定分外耀眼。虽无甚意义却也有趣。由餐室中走过去，一连有几间屋子，木制的地板特别讲究，虽然其他的器具与装饰品都极寻常，用小木块拼镶地板，在精致的大建筑物里也有好多，不过，这几间屋子的地板每一间有一间的式样与色彩。木块有方形，菱形，三角形，长方形的不同，镶砌得是那样细密与工巧，骤然看去如铺了美丽的图案花纹的地毯一样。花形与鸟形皆有。凡是脚步踏着这木地毯的，上面的花纹一定引起深切的注意。其实，这王宫各屋子中并非金碧辉煌，织锦眩彩，器具陈旧得很，虽有几幅名家佳画，似乎也不易引起游人的兴味，独有这艺术的木地毯反能令人赞美。

到这王宫与往游旧家的厅堂一般，一切表示着陈旧与黯淡，但朴素，厚重，没有多少奢靡华丽的气概。

王宫的最上层有一个高塔，登塔四望，俯视全城，城外的河道郊原，花树丛中的渔村，田舍，尤其是弯弯曲曲的海堤，镶在那些浓绿的牧场旁边，形成天然的屏障。而荷兰特别多的风车，伸着长臂，如看守田地的巨人，一个个矗立着。我不禁想，这真是从画面上看到的荷兰风景。

其次是里解克斯博物馆，由王宫去并不甚远。博物馆近处是市立剧院。里解克司博物馆伟大雄壮，是荷兰著名的建筑。

不止是以建筑著名的，它保存了许多十七世纪的荷兰绘画，在全世界中没有其他地方比在这里能够看到这么多的荷兰画。荷兰，这低下的国家在世界绘画史上她有永久的辉光。不是一味热情祈求理想的现实与尊崇灵感的意大利画，也不是以严重雄伟见长的日耳曼画。她有她特殊的地理环境，晴朗而多变化的天空，大海，飞雪，阴郁的田野，到处灌注的河流，牧歌的沉醉与风车的静响，杂花如带围绕着的农村，牧舍，杨柳垂拂的沟渠，不沉郁也不粗犷，不狂热也不冷酷，就在这样天时与地利中造成他们独有的艺术性。荷兰的肖像画与风景画挽在各国的画廊里，如果是一个有研究的鉴赏者不用看下列的名字，从用色，取光，神采与趣味上一望便易断定它是荷兰人的作品。

荷兰画自十七世纪以来是以写实的风格，调和着浪漫的情调。尤其是从一千五百九十年到一千六百三十五年，这短短的几十年是荷兰画的黄金时代。若干名家的杰作在此期中完成，类如建司亭（Jan Steen），奥司他达（Ostade），万高因（Van Goyen），普台尔（Potter），魁普（Cuyp），他们奠定了近代荷兰画的基石。

时间与文题不容许我再多叙述他们的画派，现在且来浏览一下这博物馆中的佳品。

要在匆匆的浏览中想多少留下一点点的"烟士披里纯"，不是在平常对画史有点研究的便无从说起。这一下午，我穿过多少房间，目视，手抄，用十分紧张的精神想竭力保存下看后的印象。虽经领导人几次示意要我早点走，但他看我那样对他的祖国的名画用心，末后，他也微笑了。但时过境迁，除掉有几张画的结构，色彩，风味还可约略记得住外，当时以为收纳得很丰富的印象早已模糊不清。

馆中第一层楼各室内所陈列的都是主要的绘画，但地下一层却有古派的与近代的杰作。

有一幅极著名的"夜守"，是雷姆勃兰特（Rembrandt）所绘。画幅颇大，有十多英尺高，横宽也差不多，画于一千六百四十二年。凡是知道雷姆勃兰特画之风格的一见此画，尤生印感，而佩服他的画法的高明。即使不研究绘画的游客，看过后也不易忘记。人物与色彩的调和，背景是那样适合于表现，它有一种引人的魔力，使你不肯一览即去。这故事是画的甲必丹般宁枯克的同伴，因为般宁枯克要同他们作庄严的离别，每人给予一百个弗楼仑。但在画面上只有十六个人物，雷姆勃兰特完成了这十六个人物的画像，人人的面貌不同，但有一致的调子，表现出情绪的兴奋与态度的紧张。那画上有穿红衣中的火绳枪兵，——那衣服，一种极精细的有层次的差别红色，其他人物多是用灰绿色调子；一位小姑娘冲入这一群中缓和了紧张的空气，还有一位仙人坐在火影之中。雷姆勃兰特原是肖像画的名手，无论什么人物与配景由他手下画出的没有一幅不情状逼真，十分生动。他的画在柏林也保藏着不少。

我对这幅杰作注目了不少的时候，因此也失去浏览那一室内其他绘画的机会。

其次，我要提到的委靡耳（Vermeer）的"牛乳女郎"。这也是名作，但与"夜守"正是一大一小的对比。这幅小画挂在墙上并不易惹人注目，高度不过两英尺，狭长。画中人物只有一位

正在倾倒牛乳的姑娘。以这幅与"夜守"相比,一繁一简;一是热烈,一是闲静;一是用强烈而刺激的色彩,一是用平和而柔静的调子。前者正在防备什么危害,执枪待发,兼之壮士将别,心情郁结,如火之待燃,如醉人的高视,如等候烈风暴雨之将来。而"牛乳女郎"呢,不过在清静安恬的境界中,作她每天的照例工作。她的健康,她的面色,她的安然的态度,宽广而丰满的胸部,全体无处不令人感到她是给世间人传达和平的福音。若用通常的术语作概评,无疑的,前一幅是男性美,后一幅是女性美了。这微俯身子倒乳的女郎,周身的曲线尤其是画家分外用力之处。后来有人批评说没有更真实与生存的女子能够有这样画出的曲线美来。

仅仅举出一大一小的画幅略为记述,其他在这个博物馆中的静物画,动物画,自成一派,记不了许多。荷兰乡野的风景:以牛群,酒肆,风车,河堤,渔帆,灌木丛,阴沉的天空,荡云,枯木的题材为多。虽然他们的风格手法不一律,但总是富有这水国民族的特性。在明朗中多变化,安闲中多清趣,我尤爱他们笔下的牛群与空中的云絮,这绝非欧洲别国的画家所能达到的境界。尤其是与意大利画比较起来,仿佛一方是憧憬于理想中,对欲望作挣扎,对生命求充实,有灵的呼声与幻想的飞跃。一是完全落到现实的世界,一山,一水,一只龙虾,一条水牛,都要表现出它的生活的动力,自然界的变化与人物的朴诚都用调谐的色彩,笔触显出本来面目。风景画与肖像画是荷兰画家的真本领,至于空灵的想像与憧憬的幻景,却很少从他们的画面上看到。

向各室中转过一个圈子,及至走出来,博物馆也快关门了。

晚风中又跑到几座著名的石桥上眺望一回近黄昏的景色，回到旅馆恰好是晚餐的时候。

这一夜有好多片段的梦景，可记不清是什么颜色在梦里跃动。

乡人一夕话

晚上连同行的杨君也承那几位同乡的商人约去在一家广东饭馆里晚餐。

午后,我先往他们的寓所去了一趟。

如同上海的单幢房,只是更狭些,楼下没有客堂,进门便是直上去的楼梯。他们在二楼有两间卧室,三层是存放着寄来的货物,也打上几个床铺。二楼的后房是厨房。他们全是自己烹饪,仍然蒸馒头,包饺子,炒青菜,连猪肉都少吃。一切都保存着乡间小买卖的习惯。出门时虽然不能不穿身蹩脚的西装,在卧室,厨房中一切却没一点儿外国味。我在他们的书记兼会计先生的写字桌上看到了毛笔,铜墨盒,红木珠算盘,还有木戳记,银朱印泥,虽然旁边也有荷兰语的会话小本,英文的简要字典,钢笔等,但这八成老式的账桌想不到竟在亚姆司特丹的城中见到。

及至同这几位久别重逢,又是在这异邦中能够说说土话的朋友谈过,我更明白他们的生活。这是我在近一年中未有的快乐。

在欧洲遇到神气活现或沉潜读书的留学生不算什么,遇到伦敦,巴黎中国饭馆中的老板,侍者也很容易,可想不到同船来的中国人独有我一个转弯子从荷兰走,这难得的机会使我与这几位行贩的商人见面。

"王先生,唉!这——这很难得啦。你看,咱一船的中国人不少,上了岸各奔东西,你老,单个跑到这儿来,……巧,这也有缘!别说,……别说,该当咱得见面!"

背部微驼,大嘴,眼角吊吊地,一脸刚气的魏大箇(当苏俄革命时在俄罗斯的乡间吃过不少的苦头),话不大连接地这么说。他匆匆走进二楼的卧室,从肩上卸下了一个白布包裹,顺手取过架上的一条毛巾擦着脸上的汗珠。

一会,那瘦子王先生,年轻的魏,还有几位都来了,他们异口同声的道:

"夜来听见老板说,王先生从德国来啦!真叫人高兴!真想不到咱得谈谈!这不容易。……"

我与他们无拘束地说些别后的事。那位少年书记摇摇头。

"咳!话说回头,你不是那一晚上眼看着我们上了三等车走了吗?……好!谁知道路上出了岔子。走德国原是我们在香港与公司里商量明白的计划。及至到了德国边境,什么地方来?……忘了。别扭来了,护照,查;车票,查;咱想是没错,不行!通不过,非打退回不可。退不多远,另走往法国去的路。谁晓得那些法国人存什么心眼?没法子,好歹有一位同车往德国去的,你记得罢,那领着一个十五岁孩子的张先生,他从前是到过欧洲的,费他的神,才把话讲通。……

"糊里糊涂的那晚上到了巴黎。……"

"在小店里(小旅馆的意思)住一夜,多花了几十块,王先生,走路的事倒没法说。"那位诚笃的老板接着说。

他说不清为什么入德国境那样难,只按照简单的老想法"行路难"，去解释这不是偶然的现象。

他又同我回到旅馆，约着杨君往广东饭馆。

我们三人全是步行着，因为是礼拜六，街上人比平日多。经过几条小街看见有两家写中国字的理发店，一家茶食店，又往前去，从犹太人聚居的街上走。

犹太人的特性住在什么地方都看得出。他们没有国家却有团体，没有政治的形式系属却有种种的组织。在欧洲，凡是他们的民族居留处都有强密的组织力量。做各种买卖，作各种活动，利用他们的才能，凡是他们脚踏到的地方不但能站得住，而且站得稳。据说，在亚姆司特丹他们的人数不少，自从德国放逐犹太人以来更加多了。经过他们住的地方自然也看出是有点寒伧，他们来往地忙碌，像没有闲人，这比起在英法诸国的穷无所归的华侨好得多。但我们尤觉得可耻的，是我们究竟还有这么庞大的国家，为什么眼看着流落外国的几千侨民（单指欧洲说）竟置之度外？

饭馆不大，然而设置得很清洁，自然也照例有几幅中国风的字画。经理原是广东的老商人，在这里曾做过十多年的买卖，如今收场了，却开张这所饮食店。

前天遇到的那位烟台先生，还与另一位山东人作陪，连主人共五位吃了将近中国钱十几元的粤菜，使我颇难为情！他们凭了劳力赚来的钱平常连吃饭穿衣都不肯妄费，却这样招待远来的同乡。

我们在八角玻璃的无明灯下（因为这是天花板下的装饰，原不用点着的）。吃着花雕，鱿鱼，谈过不少的华侨情形。

"我来了快三年了,明年准得回去看看老家"。

"李先生,你发了财了,回去正好!赶上好时候,荷兰也不是以前的样子了。虽然咱这一行到欧洲来只有向荷兰跑,不是又要加税吗"?

魏老板忧愁地对那位烟台先生说。

"是啊,这行生意,……你们二位先生替我们想一想:抛家舍业,老实话,不为挣几个谁犯得上过大洋到这儿来。可是从去年起,他们的购买力渐渐差了,又要加税,所以我们的货物也不敢整批来,大都走邮局,虽然多花费点可不至存货。还有一层,不能开店铺,为的减少花销,笑话,做小贩似乎丢人?其实,先生,你想想:咱们凭气力向人家卖货;只要不偷,不盗,也没什么罪过。外交官太不给做主了,难道荷兰货就不到中国去吗?他有关税,中国也有,咱虽然不能干涉人家的加税,干吗不来一个对抗?……"

另一位年轻的陪客叹一口气。

"有一个故事听朋友讲的,如果每个外交官都这样硬气点,咱们也少吃亏。是丹麦罢。上年,……那边也有几家的中国小商人,气力都有限,一样是咱这一行的生意。他们忽然要加海关税,找领事去交涉,没效果,说这是与中国早协商妥当的。领事做不了主。大家出钱,请领事给打电到外交部,回电含糊其词,还不是一样的没办法?……后来,那位领事倒不在意对大家说:咱做不了主,让他们加去。做买卖的只好垂头丧气,能中什么用?但是过了一些日子,忽然说是他们的政府把这件事搁下去,并没实行,详细探听,原来是领事另外的计策。

"真妙！这位领事倒有一手。丹麦有一家大资本的公司，专门向中国运输货物，大概是原料货居多。可是中国虽不行，外交官虽没力量，到中国的出口货总还得按照惯例，有中国领事签字的发货单，才能够装运。一大批货物已装好了，他们公司的办事人照例将发货单送到领事馆，以为几天内便可签字装运了。那知这一次竟破了常例，一礼拜，十天，半个月过去了，发货单并没签字。他们去催过几回，这位领事有的话对付，不是公事忙，便是要审查，嘱咐他们少安勿躁。那公司的办事人摸不清头脑，找经理，经理也觉得奇怪。但这是权柄，外国人可也不能使性子。但是世界金融的行市时时变化，各国货物又争着倾销，耽误一天有一天的担心，托人去问，领事并没说有什么原因。那经理究竟乖觉，用了方法，托他们外交界中人与领事馆有来往的，请客，不过宴会中这等事提不出，间接由女主人问领事的夫人。她知道时机到了，便把这事透露了一点点消息，说："我也不明白我的丈夫为了什么不签字，只是常常听到他谈论国际贸易的不平等待遇，例如前些日子丹麦硬要把由中国运来的茧绸，花边加重税的事，使人不平。他不过是一个外交界上的小职官，又做不得主。话大概是这样。……"宴会过后，不几多天，他们原定的加税消息没有了，——取消前说。听说是那个大公司的力量。可是领事馆的发货单也给他们签过字发下去了。

大家听了很赞美这位领事的机智。用国家的大力量做不到，有的时候却从机智中多给中国的小资本的海外商人挣一口气。无怪魏老板、烟台先生都点头称快。

在这个大城中的华侨听说快近四百人，有一半是常在外国船上作水手的。以浙江、山东、广东的人占多数。山东人在这里做行贩生意有二十多家，广东人却不干这一行。荷兰人对中国人比较宽大，不像别国取缔得那样严。只要有正式的护照，有小资本，那些行贩可以每天背包，提箱，任意到各城与乡间去兜揽买卖，绝不留难。不过因为他们的政府不大在乎，所以"内进开皮"的赌博，卖皮糖纸花的青田小贩也并不少。

久没享受过这样丰富的中国菜了，饭后到街上还有点微醉，沿着河岸回去幸没走错路。

片云四则

在春日中,我曾随意写了些故事(因为我自信不是短篇小说),人事匆匆,便弃掷在书堆里。这些日子,我又从书中检出。偶在窗前的绿荫下重阅一过,自己以为尚有点兴趣。恰值一阵凉风吹过,空中的片片的白云合了起来,便渐渐地落了几个雨点,我想这些零碎写的东西,也如在不意中的片云的集合一般,所以随手题上这两个字在前面。本来这几篇故事,我无意发表的,但为了旬刊的稿件关系,不能躲懒,便匆匆付印出。这类东西,说不到著作上去;即偶有些须的启发人的情趣的地方,但既少强力的表现,更没有深沉的情绪,不过我直诉我愿写的话而已。

然而片云或许有一个晶莹的雨点,落到田畦中,可以润湿一撮的沙土,虽然我并未作是想。

"嫩芽的欲望是为了夜和露,而灿开的花儿却为光明的自由而喊呼呢。"轻飘飘的片云,怕只能落几滴露珠在小草上呵!

一九二三,八,二日自记于明湖之侧

跌 交

圆月的银辉，从青阔无际的大圆镜中泻流下来，照在蒙茸的草地上，小小的园林，微微振动的叶影中间，浮现着幽玄静穆的夜色，慕玄一个人穿了短衣在樱桃树下来回散步。那时园林外的夜潮澎湃。时时如喊叫般的撞打海岸。

这是他家的一所别墅，每逢夏日慕玄总是在此间消磨他的十余日的从世间偷来的光阴。别墅距海岸最近，建于T港的市外。本来这地方的所在，是平治成的山腰，园林也是由斜坡上立起。内有二层小楼一座，每在朝日初出，或晚霞幻出金紫的色彩照耀到海面上时，他往往带了一本书倚楼远望，便可以看到碧蓝相映的海波上轻浮着袅娜的白帆远向天际而去，在这时候，他就悠然想到一切……其实这一切中包含的是什么，他自己说不出，而且他也没有告诉过别人。

在静夜的明月的圆姿照彻之下，能使人联想到无端的思与事实。这时月儿正明，挂在中天，他小步迟回，听了一回音乐般的鸣涛，想了一回古今咏月的名句。而飞的不知名的小虫嗡嗡的却时来打断他的幽思，他并不挥去它们。飞虫来了，他就走向那边去，但不知趣的小虫豸，却煞是作怪，他走到那里，它们继续着叫出很令人烦厌的声音，只是随在他的左右。于是他穿过樱桃树丛到凉亭上，到小小的水池边，但这些欺生的小敌人，老是苦苦穷追。他走急了。雨后的池边青草与软泥都是滑滑的，他转过去，不留心一交便滑倒了，幸而有铁栏绕着，没有栽到水里去。

坐在润湿的草地上，且不起来，看着月光下潋滟的水波发

呆,可是这时小飞虫一个也没有了,他却没有觉得出来。

这是他所想的,"庸若前几天来信告诉我说:人生是要跌交的,我觉得他是同我说玩话;再不然就是随意闲谈,这回我才知道人究竟是跌交的。……"于是他便连续着想起许多的事来。觉得胸口很灼热,好像有无数的话在里边冲撞着要说出来。微风振动树叶,青草里的一阵阵蛙鸣,也都像催他去说出来一般。但他孤寂地一个人住在这个别墅里向谁说呢?

他再忍耐不住了,起来也不顾身上有没有污泥;也不再怕飞虫在身边飞鸣,一口气跑到小楼上的廊檐下,取过一支用翎管削成的笔尖,醮着自己用紫玫瑰作成的墨水,便在洁白的笔记册上写下。月色正明,楼又在高处,所以虽不是十分清楚,却还辨清字迹。他便写道:

"我既为人,就是跌到网里来了。——但这些网,却不是空用'尘网'两个空洞的字所能包括的。这些网种种不一:有的是柔软的线丝结成的;有的是钢条结成的;有的是用五色缨络夜光珠宝缀成;有的却又是用破的绳头,碎的竹片,补成的;也有用荆棘的针刺连成;用幻术的火焰照成。……但勿论谁,却终须将他的体魄与灵魂的全部,跌到说不清的网的一个中去。"

他写到这里自己点了点头。

"他们为什么要跌入?为什么不在网外逍遥?却谁也不

知道。只有业力的主人,在冥冥的暗窟,向他们微笑。也或者他们起初都愿跌到柔嫩的丝网中去,甜香的满涂了蜜的网中去,但当他们从天使的翼下,顺着天风闭了眼睛,往下跌去的时候,却一任命运为他们的支配者。无量的网,发出来的声,色,香,味,在太空中猕布着,专等候它们一盲目的主人的归来。不过这些网终是平列着的,人们既堕入之后,也可出此入彼,但每个人是很少数再有这样重跌一交的本领了。因为既是很深,而且各有它们特殊的魔力与利害,能够将每个人的体魄,灵魂,在其中消净一切。于是一个人的一生,在每个网里便足以消磨其悠悠的岁月了。"

这时月光斜射,却正好将饱满的光线满射在洁白的纸上,他写的便更有兴致。

"我曾经作过一个极奇怪的梦,梦见一位白发婆婆的老婆婆,她拄了橡木的拐杖,立在一条碧波的溪上。她告我她曾在深深的渊里,拾过珍珠,而且这些珍珠,都是她曾经吃过的,甜得比烧熟的甘栗还好吃。……如今想来,这深深的渊,或者就是许多网的一个。那些珍珠,却不知给了那位老婆婆一些的什么受用?这是一段虚构的故事,但我深深地信而不疑。又有一次:我在蒻峰山中旅行,因为宿于一所古庙中,认识了一位道士。——我至今还记得他的面貌,虽是在七八年以前,记得当我初上削刃岩时,头一个遇见的就是他。他头一句话问我:'你是十几岁的童子,不在网里乱撞,却跑到网外来吗?'我当时很生气,以为他侮辱我是鱼。但因为他身边带了一把铁柄的木铲,正在寺门前大松树下锄草,我不得不将少年的盛气压下,没有理他。……那晚上风声雨声很大,我住在他的寺中,在吕仙的泥像之下。他说:'人横竖得在网里,正如你那猜想的鱼一般。我是从苦恼的网中逃出来的,'他还说'到如今那个已经过去的网的影子,还在我身后呢。……'这都是如同梦话般的奇怪,可是因为庸若跌交的话,使我都记起了。也许梦幻的构成,比实境真确些。……跌交终是不能免的。"

他写到这里却猛然记起一点事来,便只写下下面这一句。

"我现在也已跌了一交,究竟是跌到哪个网里去了?"

他想再往续写,但不知为什么心底上沉沉地不知从何写起?而将过去的一层层的影事全提过来,充满了在这一刹那的思域。他不觉得将翎管的笔尖,向纸上画了一道横线,随着吐了口闷气,立起来。这时他方觉得左股上微微地痛楚。

债

珑妹最怕我索债,因为她欠我的债很多,不过不是金子罢了。如铅笔,画片的赠送,如诗,与书籍的讲解,如最好的香茗的享受类此的事。她是我的小表妹,最喜欢说笑话,每见我总是没有闭口的时候。我因此却更有许多索债的机会了。但她总是说没有法子，因为她还年轻，没有东西赠我，以及给我讲解诗书的能力。

有一天，我们又遇到了，在我家那个橡林中。因为这所林子，是很大而且茂盛，每当夏日，我家中的人同了亲戚们，往往去到橡荫下吃茶避暑。那时我正好由外边回来，天气热得厉害，每在午饭时，葛布的衫子，都为汗珠湿透。于是这日的过午，我们一大群人便说笑着从家中到橡林中去。

恰好珑妹同了她的姊姊，与她的女友翼珠，都来我们家中，那自然便一同去了。

果然到了橡林中之后，微风习习，将骄阳的热威逐去。我那时说话最多，因为初从外边回来，当然有的编说。什么地方的风景美丽，什么地方的男女服装，都成了谈话的资料。但时候多了，我觉得有点词穷。回头过去，看见珑侧着一双圆髻儿，正听得有趣。我便寻得新资料了，很郑重地向她道：

"日子又不少了，还不还我一点？"

她怔怔地不知我说的什么。她的姊姊却微笑道："二哥问你要还债了，看你怎么办。"她真的方才明白又是旧话重提。她的口齿很灵敏，便道：

"二哥自己也不害羞！老是向人要债，欠什么呢？……有凭据没有？"

我的妹妹淑如在一边用扇子打了她一下道：

"你好厉害，大姊姊！今天要是小灵不还哥哥的债，我们也饶不了她！……"珑同时一阵附和的笑声。

珑这时不抵赖了，但道："好吧。……但我凭什么还呢？我

又不会讲书,又不会做词,更是可怜,我又不会画张画,怎么办呢?"她正自踌躇着,她的姊姊一眼看见翼珠坐在小椅上很安闲的打线袋,便丢了个眼色向灵,灵即刻知道了,便立起来拍着小手道:

"我有了法子可以还债了。二哥以前给我讲的书以及为我买的东西,我差不多都同翼珠讲过,分赠过。现在呢,只要翼珠妹还吧。我可脱却了债务的干系了。"

翼珠向来不肯多说话,但这时也将线袋丢过一边,向珑道:"也不错,可照你所说,我可以还密司忒王的债,但你须知道我只是向你欠债;并不曾欠下密司忒王一点儿。我过日还同你算不清的账呢。就使我还你,……"

别的人又都笑了。

珑真的着急,便用照常亲密的态度,拉了翼珠的双手道:"好啊,别人不说,你也会欺负我!你到底好意不还我债?……"

"还是还的,你就将我所还你的全个儿送去还密司忒王吗?"

灵喜的跳了起来,回头向我们道:"有了还的了,翼珠拿什么,我拿什么还二哥,……好吗?"

但翼珠慢慢地分着珑的额发道:"不过我要还你一下打呢?——不就拿东西还你之后,还在你的小嘴唇上拧一把呢?"

这句话没完,满林子都是笑声,我也几乎因此将一口茶喷在地上。珑却鼓着气红的腮帮,不言语了。及至我们走时,她又和她那好朋友携着手儿去打未成熟的枣子吃。

夕阳影里我们一群人陆续地由林中归来,各人都用扇子遮着犹有余热的阳光。我同珑的姊姊走在前面。踏过了清溪的木桥到人家的苇篱的前面立住。她喟然道：

"你听见珑与翼珠说些有趣的小孩子话，但实在是这样。一个人欠一个人的债务，别人总不能代偿还的。即便代偿时，也是不合适而且办不到。"她说到这里，向我如分外注意以下的三个字似的，点点头道：

"你信吗？"

我望着她持纨扇的左手上的皮肤内的微青色的细血管，想了一会，便只答应了个"是"字。

初　恋

云朋是我们的同人中一个最善于谈话的，不仅是他的口齿有特别宜于密谈的声调，而且因为他谈到一切事上，都令人思念不置，但是他的谈兴向来是很短促的。

一天我同了一位女友，还有他到翠微峰上去逛。晴明的秋日，半山腰中有三五棵绛红的枫树点染着，令人感到冥漠的秋之悲感！翠微峰的后山涧旁的碎石上，满长了层层嫩绿的苔藓。我们由城中出来，并不觉疲乏，坐在石上听细流潺湲，各人都不说话。那位女友，将裙子提起，弯身在水面上洗手巾，正在洗的时间中，她不知想些什么，手里松了一松，恰好上流被急水冲下一块五色鹅卵石来，刷的一响，就将她那条白底碧花的丝巾随了下流的水，漂了下去。她惊诧了一声，只看着它从碎石砌成的水径斜流下峡谷中去。我也来不及去为她取回，便道，"这条不舍昼夜的细流，每每的诱人来听，这回却将丝巾来引诱去了……可惜!"她不言语,只惘惘地起立,又复坐下!

云朋似乎如没有看见一般的慢吞吞地道:

"去了倒好,永久留下个念想还不好吗?"

那位女朋友向来是有种特别性质的,凡是她用的物件,与她日日作为伴侣的物件,譬如一枝铅笔,头发上的一只压发,领扣的结子,若偶然丢失了,她便闷闷不乐,现在见云朋如无事人一般的说这种不关痛痒的话,便冷冷地笑了一声,然而目注着急迅下流的水,却几乎没有滴出泪来。

云朋便继续道:"这类事正是多呢,一不注意,便永逝而不返了,只留下旧日的回想,虽是悲伤有在心头——自然是女性特别所赋有的——而可以时时将此趣味提起,使得她能有永久精神上的系念!世间的事,那桩曾是永驻的,那一事不是常常从我们温暖的心房中,难以防备地便破壁飞去。但只求得去后的心房尚留存下温热的不尽之感,这便是无量的幸福了!不然,果使你的心房常常被快乐所充满,你永不会尝到由悲哀的丝中,发出来的异昧。……"

我那位善于感动的女友,这回把以前的怅惘,已似减轻了些,便低着头道:"云朋先生说话也未免过于高超,究竟谁是愿意这样的。第一次的经验常常留下不可磨灭的印迹,譬如这条丝巾,我并不特别的痛爱它,只是从三年前一位友人远远的送与我,忽然失去,焉得不……"她说时一边用手在水中弄着石子。

云朋很高兴地立了起来道:"可又来,第一次的经验的留痕,若不是将做成经验的东西失掉,你怎么觉得出伤感来?"

我这时越听云朋说的奇妙,却越发糊涂了,便插上一句:

"你这些话成了哲学上的抽象论了,我简直不懂,请你举出一个最显明的例子来。"

云朋绝不迟疑地向我笑了一笑,却走到那面的矮松中高声道:"例子吗?你知道的,例如回思过去的'初恋'。"他便掉过头去看山缺处半落的夕阳,不再言语。

她骤然将手由水中拾起,看了我一眼,我便低下头去。

一时只有时缓时急,流在石径中的水声,如戛玉般的鸣着。

三弦的余音

正在一个大雪的冬夜里,我从外城的友人的酒宴上回来。广大的通衢,在平常是如何的热闹,但这时除了偶然看到两三个鹄立在惨白的灯光下的黄衣警察以外,就只看见到处都是银光闪烁,而且空中正飞落得有致。我步行走过虎坊桥,心上被热酒激荡着也不觉冷,却将外套搭在左臂上转了几个小巷走入一条夹道里。却忽然听得墙的那边有种弹三弦的硼东的声音,虽是凄沉不扬,却还是有腔调的。

及至我走上前去在黑影里借着雪光映着看时,却正是两个人并肩慢慢地在雪上走,三弦的声音便从东侧那个身体较高的人的怀中发出。他的声音,恰好与他那迟缓的步履相和,他们仿佛不知有这样冷风逼吹得大雪似的。弦音沉荡,忽而高起,间杂着凄然号叹,幽然悲泣的声音,我一边听着,自然的脚下也随了弦音缓下来,只是追踪着他们两个人走。忽然听见那一个身肥而矮的人道:

"你尽着弹,不累的很吗? 自清早起在东北园要了一碗热

水,还是你让我喝了一多半,一天到夜,这样的天气……"我这时才知道这个说话的还是个少妇的口音,当时使我骤吃一惊!便接上听着那个男人的答语,但弦音并没停止。

"我觉不得饿,而是要弹它,也知道在这时没有人肯给一点馒头吃,但我们这不必想吃了!横竖今夜里饱了,明天呢?但是被你这一说起我倒想起你的不幸来了。"

女的不言语,凄长的曼歌之声,便从她的喉中唱出。

我这时觉得身上奇热的了不得,恰好走在人家门首电灯下面,我方看见这是一对盲目的少年夫妇。

我真不知如何方好了,摸摸袋中,还剩有一把铜子,便塞在男人的手中,他这时突将弦子停止,惊急地向我。我也没有同他说什么,便走入大街,加紧的一气跑回寓中,心上不知怎的如同有什么冲逆着的忐忑。在归路的夜雪光中,三弦的余音尚似在后面追逐着。

阴雨的夏日之晨

　　大雨后的清晨，淡灰色的密云罩住了这无边的穹海。虽没有一点儿风丝，却使得人身上轻爽，疏嫩，而微有冷意。我披了单衫，跣足走向前庭。一架浓密的葡萄架上的如绿珠般的垂实，攒集着，尚凝有夜来细雨的余点。两个花池中的凤仙花，灯笼花，金雀，夜来香的花萼，以及条形的，尖形的，圆如小茶杯的翠绿的叶子，都欣然含有生意。地上已铺满了一层粘土的苔藓；踏在脚下柔软地平静地另有一种趣味。我觉得这时我的心上的琴弦已经十二分地谐和，如听幽林凉月下的古琴声，没有紧张的，繁杀的，急促的，激越的音声，只不过似从风穿树籁的微鸣中，时而弹出那样幽沉，和平，在幽静中时而添加的一点悠悠地细响。

　　少年人的思想行为固然是要反抗的，冲击的，如上战场的武士，如履危寻幽的探险者，如森林中初生的雏鹿，如在天表翱翔的鹰雕。但是偶然得到一时的安静，偶然可以有个往寻旧梦的机会，那末，一颗萋萋的绿草，一杯酽酽的香茗，一声啼鸟，一帘花影，都能使得他从缚紧的，密粘的，耗消精力与戕毁身体的网罗中逃走。暂时不为了争斗，牺牲，名誉，恋爱，悲愤而燃起生命的火焰；放下了双手内的武器，闭住了双目中的欲光，将一切的一切，全行收敛，全行平息，全个儿熨贴在片刻的心头。朦胧也罢,淡漠也罢,也像这微阴的夏日清晨,霹雳歇了它们的震声,电女们暂时沉眠,而洒雨的龙女尚没曾来到,只有淡灰色的密云,罩住了这无边的穹海,一切消沉,一切安静。

前途么?只是横亘着不可数计的黑线,上面带着时明时灭的斑点,没有明丽的火炬,也没有暴烈的飓风。后顾么?过去的道途全为赤色的热尘盖住,一个一个的从来的足印深深地陷入,留下不可消灭的印痕。只有在空中,——这神秘的无边穹海里,Phaeton在驾着日车,向昏迷的人间撒布焦灼焚烧的毒热。Melpomene在云间挥剑高歌,惊醒了欢乐的喜梦。鳌背上这小灵球儿徒自抖颤,只是甘心忍受,低首屈服,这无边穹海的威力的迫压。它同它的子孙,那能有自由挥发,与自由解脱的能力与意志,它也同太空中个个的小灵球,忽然如在午夜中一闪微光,便从它们的姊妹行中失掉。

水是淹溺我们的,火是燃烧我们的,风是播散我们的骨骸的支节与灵魂的渣滓的,地是覆灭我们的,……只有毁坏,破裂,死亡,一切的"无",一切的"化",一切的"到头都尽"。这其中偶然迸裂出一星两星的"生"的火星,偶然低鸣出一声两声的"爱"的曲调;偶然引导着迷惑的我们左右趑趄;偶然使得我们的心头震颤。无力的我们,便如小孩子得了带酸味的一片糖果,欢呼,跳跃,舞蹈,高歌。及至糖果尚没曾咀嚼出滋味,便与唾味同时消尽,不曾饱满了饥饿的胃,不曾充足了雷鸣的胃肠……末后,只剩下求之不得的号泣,只剩下了过后的依恋怅惘。

勃来克说:

> 长矛与利剑的战争,
>
> 全为露珠儿融解。

果然么?朝露能洗涤人间的罪恶时,我愿同我的亲爱的伴侣永远生存,游戏于露托的模糊的网中。

托尔斯泰说:

> 小鸟儿们在阴影中鼓着翅儿,唱着欢乐的空想的胜利的曲儿。高高在上的树叶儿充满了树汁,在快乐地细语,同时生动的树枝慢慢地而且庄严地在他们的人儿——消灭而死的人儿——上面摇拂。

果然么?生与死能够这样的调谐,死,切断一切而不感寂寞。尚有鸟儿的娇喉,尚有树枝的舞蹈,能以使这为饥饿,为不充足,为怨情,为泪,为念而死的灵魂,觉得慰安,则"死"与"生",正是一串的珍珠,应该揉合着穿在一起而挂于美丽的女郎的颈上,与火炬的明焰与深碧的海涛相合。而藉此一二个珠儿的光辉,映照着淡灰色的无边穿海的平淡。

但是露珠儿终被毒灼的日光晒干。死去的灵魂,会不会真能听到野鸟的娇歌与树枝儿的细语?

宇宙终古是被淡灰色的密云罩住,晴朗,明丽是瞬间的闪光;欢乐,狂喜,是突然的情焰的燃烧。就是这样淡漠而平静的,沉沉的如行在灰沙铺满的长途中,争与夺,爱与欲,气愤与牺牲,都是有曲棱的尖刃,不但要切割我们的肢体,且要多流我

们的热血。他们是猎人,我们是被逐的动物;他们是深坑,我们是被陷入的土块瓦砾。但……

我们的血潮,终不能静止在我们的心渊;我们的欲念,终不能如芥子之纳于须弥;我们的自由的反抗的种子,终不能使之不萌芽,滋生,一时的朦胧,一时的淡漠,更不能上寻"帝乡",永远地逃却人间的网罟。待至震雷作响时,打破了灰色的云幕,洒落下急迅猛烈的雨点,于是万马千军的咆哮,金铁击触的互鸣,我们的心火又随着电火引烧,向无边的穹海中作冲撞的搏战。于是我们便重行转入缚紧的密粘的网中去,为一切而吹起战角挥动军旗,而燃起周身的火焰。

露珠儿果能融解?

死亡果能以平静?

人们的思想原是在循环圈中;有时欢喜吃淡味的面饼,有时喜欢吃辛辣的食物。但平静是一时的慰安,奋动是人生的永趣。我在这夏日的清晨的淡灰色的云幕下,虽然喜慰我这心琴的调谐,但我也何尝忘却霹雳,电光的冲击。我由一杯香茗,一帘花影的沉静生活中,觉得可以遗忘一切,神游于冥渺之境;但激动的奋越的生命之火焰却在隐秘中时时燃着。

我们为消失长矛与利剑的战争,而不惜向更深更远更崎岖的山道中冒险去乞得露珠,虽然也未必真能消除人间的战争。

血　梯

中夜的雨声，真如秋蟹爬沙似的，急一阵又缓一阵。风时时由窗棂透入，令人骤添寒栗。坐在惨白光的灯下，更无一点睡意，但有凄清的，幽咽的意念在胸头冲撞。回忆日间所见，尤觉怆然！这强力凌弱的世界，这风潇雨晦的时间，这永不能避却争斗的人生，……真如古人所说的"忧患与生俱来"。

昨天下午，由城外归来，经过宣武门前的桥头。我正坐在车上低首沉思，忽而填然一声，引起我的回顾：却看几簇白旗的影中；闪出一群白衣短装的青年，他们脱帽当扇，额汗如珠，在这广衢的左右，从渴望而激热的哑喉中对着路人讲演。那是中国的青年！是热血腾沸的男儿！在这样细雨阴云的天气中，在这凄憯无欢的傍晚，来作努力与抗争的宣传，当我从他们的队旁经过时，我便觉得泪痕晕在睫下！是由于外物的激动，还是内心的启发？我不能判别，又何须判别。但桥下水流活活，仿佛替冤死者的灵魂咽泣；河边临风摇舞的柳条，仿佛惜别这惨淡的黄昏。直到我到了宣武门内，我在车子上的哀梦还似为泪网封住，尚未曾醒。

我们不必再讲正义了，人道了，信如平伯君之言，正义原是有弯影的（记不十分清了姑举其意），何况这奇怪的世界原就是兽道横行，凭空造出什么"人道"来，正如"藐姑射的仙人可望而不可即"。我们真个理会得世界，只有尖利的铁，与灿烂的血呢！和平之门谁知道建造在那一层的天上？但究竟是在天上，你能无梯而登么？我们如果要希望着到那门下歇一歇足儿，我们只有先造此高高无上的梯子。用什么材料作成？谁能知道，大概总有血液吧。如果此梯上而无血液，你攀上去时一定会觉得冰冷欲死，不能奋勇上登的。我们第一步既是要来造梯，谁还能够可惜这区区的血液！

  人类根性不是恶的，谁也不敢相信！小孩子就好杀害昆虫，看它那欲死不死的状态便可一开他们那天真的笑颜。往往是猴子脾气发作的人类，（岂止登山何时何地不是如此！）"人性本恶，其善者伪也"的话，并非苛论。随便杀死你，随便制服你，这正是人类的恶本能；不过它要向对方看看，然后如何对付。所以同时人类也正是乖巧不过，——这也或者是其为万物之灵的地方。假定打你的人是个柔弱的妇女，是个矮小的少年，你便为怒目横眉向他伸手指，若是个雄赳赳的军士，你或者只可以瞪他一眼。在网罗中的中国人，几十年来即连瞪眼的怒气敢形诸颜色者有几次？只有向暗里饮泣，只有低头赔个小心，或者还要回嗔作喜，媚眼承欢。耻辱！……耻辱的声音，近几年来早已迸发了，然而横加的耻辱，却日多一日！我们不要只是瞪眼便算完事，再进一步吧，至少也须另有点激怒的表现！

  总是无价值的，……但我们须要挣扎！

  总是达不到和平之门的，……但我们要造此血梯！

人终是要慷厉，要奋发，要造此奇怪的梯的！

但风雨声中，十字街头，终是只有几个白衣的青年在喊呼，在哭，在挥动白旗吗？

这强力凌弱的世界，这风雨如晦的时间，这永不能避却的争斗的人生，……然而"生的人"，就只有抗进，激发，勇往的精神，可以指导一切了！……无论如何，血梯是要造的！成功与否，只有那常在微笑的上帝知道！

雨声还是一点一滴的未曾停止，不知那里传过来的柝声，偏在这中夜里警响。我扶头听去，那柝声时低时昂，却有自然的节奏，好似在奏着催促"黎明来"的音乐！

一九二五，六月五号夜十二点

海滨小品

夜　游

　　南海岸上的大饭店的琴韵悠扬中，我们迤逦地向海滨走去。微挟凉意的风吹着纱衣，向上面卷起，顿有毛发洒然之感，并无一点的汗流。在散云中的月色，尚一闪一藏地露出她的媚眼。道旁西洋女子的革履声登登的走在宽洁的路上，来回不断，时而一阵带有肉的香味从临街的纱窗中透出，便令人觉得这是近代的滨海都市的娇夜了。

　　到栈桥的北端时，人语渐稀了。沿海岸的石栏外的团松，如从战壕中出队的战士似的，很有规律地排立在一边。涛声也似乎沉默着，来消受此静夜，没有多大的吼声。月娇娇的，风微微的，气候是温和而安静，人呢，正在微醺后来此"容与"。

　　及至我们走上那长可百数十米达向海内探入的栈桥时，陡觉得凉意满胸了。上有淡明的圆月，下临着成为深黑色而时有点点金星的阔海。时而一阵阵的雪堆的白线掠上滩来。四周是这样的静谧，惟有回望的繁星般的楼台中，时有歌声人语，从远处飞来。

　　"我就欢喜这里，又风凉又洒脱。"我的表兄C说。

"地方真的不坏！就是这样幽丽，温静，而且滨海临山的异样的小城市，在全德国中也找不出两三个来。……"陈君接着说。他是位新从德国学医回来的博士。

栈桥的北段，是用洋灰造成，而南段却系用长木搭成的。当我们走上北段时，便听见前面有两双轻重相间的皮履声在木制的桥上缓缓地走着，因为他们谈着话直向前去，我一个人便落后了。我凭着铁索向下听那海边的水声，有时也望一望南面的海中小山的灯塔，全黑中时有一闪一闭的红色灯光，在水面晃耀，便似含有丰富而神秘的意味，耐人寻思。

我正在抚栏独立，正在向苍茫中作无量寻思时，忽而在以前听见的履声由木制的桥南段走到了我的近处。在月光之下，分明的两个长身的影子是青年男女二人，正并着肩缓缓地向北面走来。

"不必寻思吧……你每逢着到这里，就想起那个孩子，一年半了……！"穿了淡灰色什么纱长衫的男子，侧着头向他那身旁的女子这样说。

那位白衫灰裙，看去像是很柔弱的女子，却不即时回答，只幽幽地向海波吐了一口气。

"实在可惜。想你自从同我，……以后，有这样的一个孩子真不容易！也难为你天天分出工夫来去喂乳，可是死了，……算了吧，这么长期的忧郁如何得了，横竖也干净。……"

"人不下生才干净呢！早要各人干净，何苦来先要我们。你只晓得……我什么心也没有了，……"女的几乎是哽咽的声音，略带愤然的口气说。同时她也立住在栈桥的中央，向远处凝望。

男子默然了,过了一会却又申述一句:"咳!你还不明白,若是孩子生时,看作若何处置?你呢,受累终身,谁有地方与他,人家还不是说是私生……"

"什么;……哼!……"女子紧接上这三个字便一摔手向前走去,男子便也追着向北边去。在她的后面,仿佛说些话,但涛声与风声相和,我立在前面便听不出来了。

过了有半个钟头,我们同来的伴侣又走在一处了。三人足声踏在细砂的坦道上,沙沙作响。月亮已脱出了云罅,明悬在中天,道上已没有许多行人。

陈君说:"爽快得很!可惜这月色尚不十分干净。……"

"月亮不出才更干净呢。……"我接着说。

"云君,你说的什么话?"

我没有理由答他,便默然了。只有远处的浪花溅溅作声。

笑　逢

"没见向那里当尼姑去?……横竖逃不出命去!……"

"不要难过吧!好好的,你看,你要哭了,哭哭吧!怎么今天脸还没光?昨儿晚上睡得很迟吧?"

"两点了才睡觉。不是过堂来了么!……"她口里慢慢的说着,便将松松的辫发侧在一边,屈了右肱将薄红的腮颊向文席上贴着,现出娇小柔弱的女孩儿凄然的娇态。她接着叹了口气,但那是极微细,不留心还听不出是在吁气。她便幽细地唱道:"思想起老爹娘!……"的皮簧腔调,然而也只是这一句,在凄惋的摇曳声中便咽住了。即时她的圆弧形的眼睑下,水汪汪地,仿佛如冰浸的精珠，明亮而玲珑。

"她又不打你，还算好呢。你真是小孩子！来，我同你说个笑话：——听着，一个姑娘买了一个玻璃球，又明丽，又柔润。有一天她在水池边游玩，看着水色异常的澄鲜，她便将玻璃球放在水中。……"

"以后呢？"她侧仰起面来看着我，带着有趣的疑问的意味。

"以后玻璃球被水里的鱼吃了下去，后来这鱼被海里的王后老蚌拿住，将球放在她的宫殿里，成了夜明珠。……"

"你咣嘴！我不信那小姑娘就不去捞回吗？……"她轻轻地打着我的手臂。

"谁说不是。一天小姑娘去与蚌王后交涉的时候，蚌王后说：'这也可以，倘若你把你的眼珠挖给我，我便还你那夜明珠。'小姑娘着急了，便哭起来。那知她这一哭，一滴一滴的泪珠全滴入海中，那些蚌王后手下的蚌官娥，蚌公主等，都各人将这位小姑娘的泪珠拾起，悬在屋子里，也都成了些小夜明珠，珠光照耀着全个的海，连海水都通明了。小姑娘这才明白过来，咬着牙道：'早知这样，我连一滴眼泪都不掉下来的。'"

她初时正用花绢抹着眼角，听这段故事听完了，她便将花绢一丢说："你真会！……"说着便要堵我的嘴，我便握着她的手道：

"说笑话呢。不，你又要哭了，我又不是蚌王后。……"

她便幽幽地强笑了一笑，重复半倒在床上，她那腰下的纱衣摺起，她也不管。

傍晚的海风由窗幕的纱纹中吹过,分外清爽。将床头上的茉莉花穿成的发押的浓烈香味散开,满屋子里全是花香了。她终是不欢,躺在床上,我也无聊地只静静听窗外喊卖"爱司光来姆"的声音。案上的带翅子的安琪儿式的小金钟,不迟不快的走着,除此外只听得隔室的笑语声了。我便将头靠在软枕上,握住她的左手,没得话说。

"你几岁来的?……"忽然我有了问话的材料了,在这个幽沉的时间里。

"七岁吧!记不甚清楚了,总是在这种年纪。"

"你是由那里来的?家呢?"

"是T地方,……"她似乎更触动乡思了,这句话答得沉重而微细。

"嗳!还是乡亲呢,……你家里还有什么人?……"

"管呢,有爹,有妈,有兄弟!……"

我便不再敢往下问她了,其实也是不愿再往下追问!我在这片刻中只觉得一阵凄切的心思,将一切灭却,执她手的右手,也有点微颤。

沉寂了一时,反是她坐起来,用手掠了掠额发道:"你看我养妈要去当尼姑呢!她说是看破了,什么也不愿意,只要我能养活她,她便在家修行。……"

"为什么修行要在家里?"

"她说到山里,或是县里的尼庵中去,更不清静。那些姑子们横竖夜里不在家,她去过的便又回来了。所以要这样,谁知道她是有什么心思?昨天发落了我半夜,嫌我待她不好!……"

"你也别太糟蹋自己了!还是先忍耐些,你养妈容易将你养这么大,恐怕她也不肯虐待你!……你还小呢!"

"鬼混!……我一心想学戏,你听过碧云霞吗?……上次来这里唱,我天天去,我看学好了戏真自在,……"

"你不是学过吗?"

"那不成,那不过是念着词随便喊几回儿,还没有上胡琴呢。……"

我们又没有什么话再说。她的头靠在我的肩胛下面,我觉得荡热。她有一双明丽的眼波,与弯秀的双眉;但在眉际中隐含着不尽的凄凉与感怀。我正在端详着她,她也时时向我转盼。

蓦地竹帘响了一响,进来了一个二十六七岁的妇人:短短的身材,流利的眼光,白白的皮肤,这便是她的养妈了。她进来时,一边口里喊着:

"笑凤不要任性,看爷多好!……爷,你瞧这个孩子只是执谬呢,可是有好心眼,不会照应。……"

我便起来与她照应了一会,不久那屋子中的张君与王君都过来了,又不久在灯光下我便同他们走出。

"再来呀!"笑凤也照例的说了这一句,但她却低头进去了。

我独自走在海泊路的石坡上,淡月流银,照着道旁的树影。回头下望,隐约中还看得见黄昏后的海光。但我走得太慢,心上如同有点事悬悬着,看见月亮青白色的光,如同作世界上一切哀思的象征似的。直待到大礼拜堂的钟声敲过十点,我方懒懒地从海滨的小路上踱回我的寓所去。

秋林晚步

"枯桑叶易零，疲客心易惊！今兹亦何早，已闻络纬鸣。迥风灭且起，卷蓬息复征。……百物方萧瑟，坐叹从此生！"

中国文人以"秋"为肃杀凄凉的节季，所以天高日回，烟霏云敛的话，常常在诗文中可以读到。实在由一个丰穰的盛夏，转到深秋，便易觉到萧凄之感。登山临水，偶然看见清脱的峰峦，澄明的潭水，或者一只远飞的孤雁，一片堕地的红叶，……这须臾中的间隔，一便有"物谢岁微"，抚赏怨情的滋味，充满心头！因为那凋零的、扫落的、骚杀的、冷静的景物，自然的摇落，是凄零的声，灰淡淡的色，能够使你弹琴没有谐调，饮酒失却欢情。

"春"以花艳，"夏"以叶鲜，说到"秋"来，便不能不以林显了。花欲其娇丽，叶欲其密茂，而林则以疏，以落而愈显。茂林，密林，丛林，固然是令人有苍苍翳翳之感，然而究不如秃枯的林木，在那些曲径之旁，飞蓬之下，分外有诗意，有异感。疏枝，霜叶之上，有高苍而带有灰色面目的晴空，有络纬，蟋蟀以及不知名的秋虫凄鸣在林下。或者是天寒荒野，或者是日暮清溪，在这种地方偶然经过，枫，楠，白杨的挺立，朴疎小树的疲舞，加上一声两声的昏鸦，寒虫，你如果到那里，便自然易生凄寥的感动。常想人类的感觉难加以详密的分析，即有分析也不过是物质上的说明，难得将精神的分化说个详尽。从前见太俸与人信中说：心理学家多少年的苦心的发明，恒不抵文学家一语道破，……所以象为时令及景物的变化，而能化及人的微妙的感觉,这非容易说明的。实感的精妙处,实非言语学问所能说得出,解得透。心与物的应感,时既不同,人人也不相似。"抚己忽自笑,沉吟为谁故?"即合起古今来的诗人,又那一个能够说得毫无执碍呢?

还是向秋林下作一迟回的寻思吧。是在一抹的密云之后,露出淡赭色的峰峦,那里有陂陀的斜径,由萧疏的林中穿过。矫立的松柏,半落叶子的杉树,以及几行待髡的秋柳,……那乱石清流边,一个人儿独自在林下徘徊。天色是淡黄的,为落日斜映,现出凄迷朦胧的景象,不问便知是已近黄昏了。……这已近黄昏的秋林独步,像是一片凄清的音乐由空中流出。

"残阳已下,凉风东升,偶步疏林,落叶随风作响,如诉其不胜秋寒者!……"

这空中的画幅的作者,明明用诗的散文告诉我们秋林下的幽趣,与人的密感。远天下的鸣鸿,秋原上的枯草,正可与这秋林中的独行者相慰寂寞。

秋之凄戾,晚之默对,如果那是个易感的诗人,他的清泪当潸然滴上襟袖;如果他是个少年,对此疏林中的瞑色,便又在冥茫之下生出惆怅的心思。在这时所有的生动,激愤,忧切,合成一个密点的网子,融化在这秋晚的憧憬的景物之中。拾不起的,剪不断的,丢不下的,只有凄凄地微感;……这微感却正是诗人心中的灵明的火焰!它虽不能烧却野草,使之燎原,然而那无凭的,空虚的感动,已竟在暮色清寥中,将此奇秘的宇宙,融化成一个原始的中心。

一切精微感觉的迫压我们,只有"不胜"二字足以代表。若使完全容纳在心中,便无复洋溢有余的寻思;若使它隔得我们远远的,至多也不过如看风景画片值得一句赞叹。然而身在实感之中,又若"不胜",于是他不能自禁,也不能想好法来安排了。落叶如"不胜"秋寒,而落叶林下的人儿,恐怕也觉得"不胜秋"了!况且那令人眷念怅寻的黄昏,又加上一层凋零的骚杀的意味呢!

真的,这一幅小小的绘画,将我的冥思引起。疏言画成赠我,又值此初秋,令人坐对着画儿,遥听着海边的落叶声,焉能不有一点莫能言说的惆怅!

林　语

夜，在秋之开始的黑暗中，清冷的风由海滩上掠过，轻忽地振动他们的弱体。初觉到萧杀与凄凉的传布，虽然还是穿着他们的盛年的绿衣，而警告的清音却已在山麓，郊原，海岸上到处散布着消息。

联绵矗立的峰峦，与蜿蜒崎岖的涧壑，巨石与曲流中间疏落而回环的立着多少树木。不是一望无际的广大森林，却是不可数计与不能一一被游山的人指出名字的植物。最奇异的是红鳞的松，与参天般的巨柏，挺立着，夭矫着，伏卧着，仰欹着，在这不多见行人足迹的山中，但当传了秋节来的清风穿过时，他们却清切地听到彼此的叹息。

黑暗中，

只有空际闪闪的星光，

与石边草中的几声虫鸣。

这奇伟的自然并没有沉睡，它在夜中仍然摇撼着万物的睡篮，要他们做着和平的梦；但白日给他们的刺激与触动过多了，他们担心着不远的将来是幸福还是灾害？他们相互低语着他们的"或然的知识"，由消息的传达便驱去了梦，并且消灭了他们的和平。

夜，不远的波浪在暗中挣扎着因奋斗而来的呻吟，时而高壮，时而低沉，似奏着全世界的进行曲。

夜幕罩住了万物，都在暗中滋生，繁荣，并且竞争与退化着。从森密的丛中微闪出一线的亮光，是"水界的眼睛"诱惑着他们作白世界远处的纵眺，那水界转动它的眼波，围绕着地母的全身没有一刻的停息。

幽暗中微风吹掠着丛树的头顶，他们被水界的眼睛眩惑着，不能睡眠，便互相低语。

"秋的使者来了！繁盛与凋零在我们算得什么呢？一年一年的剥削，是自然的权威。可怜的是我们究竟只是会挺立在这个枯干冷静的世界里，没有力量同人类似的可以避免这节候的剥削……"一棵最老的桧树首先叹息着。

"啊啊！老人！你没有力量却欣羡人类么？那可还有存留的智慧在你的记忆力里。这是听过我们远的，很远的祖先告诉过的，嗳！什么历史？全是安慰人们心理的符箓罢了！那里曾给告诉过这是真实？没有呵！他们说：人们在这个世界至少有两个十万年了，这仍然是猜测夸大的诳语。但我们呢？我们才是宇宙万物的祖先，我们的功劳，我们沉默的工作，都是为了能动的物类保护，营养，借予他们的利益。不多说了，这是悲惨的纪录！老人，总之，我们是只有智慧而缺少力量了，我们是只能服务而不取报偿。但……"山中特产的银杏摇着全身的小扇，颤颤地与桧老人相问答。

"但人类对于对我们的看待呢？……"一棵稚松在地上跳跃着问。

桧老人惨然的叹声，"人类看待我们，比自然，比自然还要威严。自然是轮回的，人类却是巧妙而强硬的剥夺。他们忘了他们还是长脸嘴与周身披毛的时代了！也是野兽一样，与一切的动物单为了食物而争杀。他们到现在自称为灵明的优异的东西了，可是没有我们的身体当初作他们的武器，没有我们身上的火种，他们永远只能吃带血的与不熟的食物。至于以后的进化，自然是没有的。他们撷取了我们的智慧，却永远使我们作了沉默的奴隶。嗳！严厉与自私，这是人类的历史！"

左右的老树，他们因为直立的日月太多了，都俯着首应和着老桧的伤怨的叹息。

"你为什么这样咒诅呢？以前就听过常常说起。"生意茁壮的稚松申述它的怀疑。

"年轻的孩子！老人是好静默的，将一切过去的印象永远的印在心里，他不愿意重行印出。他为经验所困苦，所以容易慨叹；他的智慧已侵蚀了他青年的力量，只留下透明的躯体。人间不是有一些教训么？说老年是衰退，其实力量的减少任什么都是一样。像我自然是炉火的余灰，不过这一无力量的余灰却是造成后来生命的根本。这话太笨了，总之，你以为我以前不常说这些话便认为奇怪，但是如同我一样年纪的他们便觉得不足奇怪了。我与同年纪的人都是常在沉默中彼此了解，偶然的叹息是可以证明各个的心意。话，本是不得已才用的呆笨的记号，因为又当这一次时令的使者的消息传到，便在你们的不知经验的面前说到人类，——说到人类，我的诅恨竟不能免却，这实在没有十分修养的性质。……"

"不，老祖父，你能诅恨便可以把它扩充到全世界中我们的同类，教给我们年轻的兄弟们，这便有力量了！"一棵更稚弱的杉树傲然的插语。

"那只是空言，只是空言罢了。你们想由诅恨而抵抗人类的残暴，想恢复你们的祖先借予人类的力量；想作自然的征服；想伸展你们的自由？孩子！你们的力量还不充分，……即使充分，你们没有估计你们的智慧的薄弱，所以是空想啊！"索索颤抖的老银杏语音上有些恐怖。

"不！联合与一致是力量，也是智慧。"小松树简捷反抗的话。

"这真是孩子话，足以证明你的智慧的浅陋。你先要知道我们也如其他的生物一样，受有祖宗的血的遗传，有自然的感应的器官，也有永远不可变易的性质。所以这力量与智慧是一定的，是自然命运的支配。你想借那点出处的智慧要指挥，——或者联合同类的动作想反抗自然与人类，这是希望，但不是力量；是想象中的花朵，不是战争中的手与武器。我们在年轻如你们的时代也曾这样深切的想着。"年纪最老的古桧又恳切地说了。

左右围列的老树都凄切地发出同一的叹息。

那些幼弱的稚嫩的富有生意的小树木，也在老树的下面低低的争辩，独有挺生的小杉树仍然反抗道："老祖父，你是在讲论你的哲理，哲理是由经验集成的，是时序与材料的叠积，从这里生出了观念与忖度。这在为时间淹没过的人间是借以消磨他们的无聊的岁月的辩证，但在我们的族属中又何须呢？尤其是我们这些迸出地上面不久的孩子，我们不是专为了呆笨的人类牺牲了身体为他们取得火种，也不是如同那些麦谷类的同宗兄弟经人类的祖先殷勤培植后，却为的是饱他们的口腹。——但，老祖父，我们的末运却更坏了！倒处在荒山幽谷的，也不能脱却了人类的厄害，他们用种种苛酷的刑法斩伐了我们的肢体，却来供他们的文明的点缀。我们不力求自由，即须作他们的榨取者，至少，我们应该有诅恨的力量！我们没有武器，也没有智慧么？没有智慧，也没有力量么？久远的低头我们便成了代代是被剥削的奴隶。你，想我们怎么曾有负于人类呢？"

这是有力的申诉，多少年青的树木都引起喝啸的赞美之音，山谷中有凄风的酬和。

老树们沉默，……沉默，清夜的露水沿着他们的将近枯落的叶子落下，如同无力地幽泣。

"我们要求我们力量的联合，去洗涤我们先代的耻辱！"年青的树木因为小杉的提论，得到力之鼓舞，他们的心意全被投到辽远的愿望之中，想与不易抵抗的人类的智慧作一联合的反叛。

海岸边涌起的波涛，前消后继地向上夺争，又如同唱着催迫他们的进行的曲调。

悼志摩

九月二十号的早上我看见报纸上的志摩的死耗，当时觉得这件事过于离奇突兀了，也如他的别的友人一样的不相信。但这个重大的消息却在我的心头上迫压了一日。第二日探不到什么，又过了一日报上说北平有人去照料他的尸体，运柩南下，我才确定志摩真从火星烟雾中堕下来，把他的生命交还"那理想的天庭"，"永远辞别了人间"。那几个晚上我总觉得心绪不能宁贴，不自制地便想到他在空中翱翔的兴致，想到他正寻求着诗料，浮动着幻想中忽然被急剧的震动，爆炸的声响，猛烈的火焰迅疾的翻堕在苍空中，断绝了他的最后呼吸时的惨状。他是呼号，是抖擞，是拘挛地伸缩他的肢体？还是安然地死去？也许他最后的灵明可以使得他在那极短促迅速的时间中能回念一切？或解脱一切，忘却了"春恋，人生的惶惑与悲哀，惆怅与短促"？更不管顾火灼与伤残肢肉的痛苦，只是向上望着"一条金色的光痕"？明知这都是无益的寻思，永远找不到明证的妄念，然而我的心偏在这些虚幻的构图上搏动。

我十分后悔，没往济南去看看他的盖棺时的面容：因为初得消息的两天疑惑是讹传，又没想到他的尸体运到济南装殓，及至得到确信后已迟一日，去也来不及了！

志摩的诗歌，散文，以及各种的著作，不止在他死后方有定评，现在有些人已经谈过了。至于他的为人，性情，思想，尤其是许多朋友所深念不忘的，并非所谓"盖棺论定"，以我与他相处的经过，我敢说那些"孩子似的天真，他对人的同情，和蔼，无机心，宽容一切"的话，绝不是过多的赞美。本来一个理想很高，才思飘逸的诗人，即使他的性情有些古怪偏僻也并不因此失却他的诗人化的人格，但志摩却能兼斯二者。他追求美，追求爱，追求美丽，痛恶一切的虚伪，倾轧，偏狭，平凡，然而他对于朋友，对于青年，对各样的人，都有一份真挚的同情。凡是与他相熟的，谁也要说他是"一位最可交的朋友"。若不是具有十分纯洁的天真与诚笃温柔的心那能这样。愈因为他是聪明的诗人，能以使人愿意接近，死后使人不止从他的诗情上痛悼，这正是志摩的特异之处。我自知道他死去的确信后我总觉得为中国文坛上悼念的关系居其半，而为真正的友情上也居其半。

这几年中我与他相会时太少，自然是我住的地方偏僻了，也是他的生活无定，偶然的到一处找他殊不容易。他自从十五年后作的文字比较的少了，而作品也不似以前的丰丽活泼。我想这是年龄与环境的关系使然，然而无论是诗是散文，在字里行间我们确能看得出他是逐渐地添上了些忧郁的心痕与凄唱的余音。对于他的自由自在的灵魂上，这是些不易解脱的桎梏，不过在他的著作中却另转入一个前途颇长的路径，到了深沉严重的境界。以他的思想，风格，加上后来的人生的锻炼，我相信十年后（怕不用这些年岁）他将轻视他以前的巧丽，轻盈与繁艳，（自然他有他的深刻严重之处）他将更进一步的人生的意趣与理想赠予我

们。所以在志摩的本身上看，这样不平凡的死；这样"万古云霄一羽毛"的死法，诚然是有他自己死的精神，但在他的文艺上的造就上想无论国内的那一派的文人，谁也得从良心上说一声"可惜"！

我认识志摩是九年以前的事了。他那时由欧洲回来，住在北京。有一次瞿菊农向我说："我给你介绍见一个怪人，——志摩"，那时我已读过他的一两篇文字，我尤其欣赏那篇吊曼殊斐儿的文笔凄艳。后来我们在中央公园见面了。那时正是四月中的天气，来今雨轩前面的牡丹还留着未落的花瓣，我们约有七八个人在花坛东面几间小房子开什么会，会毕还照像。当大家在草地上游散预备拍照的时候，志摩从松荫下走来，一件青呢夹袍，一条细手杖，右肩上斜挂着一个小摄影盒子。菊农把他叫住想请他加入拍照，他笑了笑道："Nonsense"，转身便向北面跑去。大家都笑了，觉得这人颇有意趣，不一会他已经转了一个圈子又回到我们谈话的那里。我与他方得第一次的交谈，日久了，总觉得他的活泼的兴致，天真的趣味，不要说与他相谈，即使在一旁听他与别人谈天也令人感到非常活泼生动。

他往游济南时正当炎夏。他的兴致真好，晚上九点多了，他一定要我领他去吃黄河鲤，时间晚了，好容易去吃过了，我实在觉得那微带泥土气息的鲤鱼没有什么异味，也许他是不常吃罢，虽像是不曾满足他的食欲上的幻想，却也啧啧称赞说："大约是时候久了，若鲜的一定还可口！"饭后十点半了，他又要去逛大明湖。因为这一夜的月亮特别的清明，从城外跑到鹊华桥已是费了半个钟头，及至小船荡入芦苇荷盖的丛中去时已快近半夜。那时虚空中只有银月的清辉，湖上已没有很多的游人，间或从湖畔的楼上吹出一两声的笛韵，还有船板拖着厚密的芦叶索索地响。志摩卧在船上仰看着疏星明月口里随意说几句话，谁能知道这位诗人在那样的景物中想些什么？不过他那种兴致飞动的神气，我至今记起来如在目前。

从种种细微的举动上，越发能够明了他的志趣与他的胸襟。记得我们往游泰山的时候，清早上踏着草径中的清露，几乘山轿子把我们抬上去，走了一半，我们一同跳下来，只穿着小衫裤向陡峻的盘路上争着跑。跑不多时，志摩便从山壁上去采那一种不知名的红艳的野花。他渐渐地不走盘道了，一个人当先从峭壁上斜踏着大石往前去，他还向我们招手，意思说！来，来，敢冒险的我们要另辟一条路径！我同菊农也追上去，然而这冒险的路是不容易走的，没有石级，没有可以攀援的树木，全是突兀的石尖，刺衣的荆棘，上面又有毒热的太阳蒸炙着，没有一点荫蔽。别的人都喊着我们："下来，快回来！这不是玩的！"连走惯了山路的轿夫也喊"从那边走不上去，没有路呀！"志摩在前面很兴奋地走并不回答，上去了几丈，更难走，其结果菊农先退下来，我也没有勇气了回到盘道上面。我们眼看着志摩，从容地转过一个险高的山尖，便看不见他了。一些人都说危险危险！然而这时即使用力的喊叫他也听不见了，及我们乘轿子到了玉皇顶时，可巧他从那本是无路可上的山顶上也转了过来，我们不禁摇头佩服他的勇气！

泰山上的清晨与薄暮的光景，凡是到过的我想谁也赞美这大自然的伟大奇丽。尤其是夕阳西坠的绚彩。在泰山绝顶上观日出

是惊奇，闪烁，艳丽；日落呢，却是深沉，迷荡，静息与散澹。那一片的美丽的云彩，吞吐着一个悬落的金球，在我们的足下，在无尽的平原的低处，他是恋恋着这已去未尽的时间，是辉耀着他的将散失的光明，那真是一幅不能描绘的图画。就在那时，志摩同我们披了棉衣（山上太冷了）在山顶上的晚风中静立着眺望，谁都不说什么。忽然他又得了他的诗人的启示，跑向尽西面一块斜面平滑的大石上蹲下身子，要往下爬去。泰山的绝顶是多高！除却山前面的石级之外，其他是没有正道的，那块大石的下面尽是向下斜出的石尖，若坠了下去恐怕来不及揪住一条藤葛，便直沉涧底。这可不比向上去爬山路，所以谁也说不可上去，石面太滑了。志摩却是天生好冒险好寻求他的理想境界的人，他居然从上面慢慢地蹲上去，坐下，后来简直卧在上面，高喊着"胜利"。我们在一旁实在替他捏一把汗，然而他究竟能以在绝壁的滑面大石上卧看落日，偿足他的好奇的兴趣，这正是：

"原是你的本分，野山人的胫踝，
　这荆棘的伤痛！
　且缓抚摩你的肢体，你的止境
　还远在那白云环拱处的山岭！"

也是："是动，不论是什么性质，就是我的兴趣，我的灵感。是动就会催决我的呼吸，加添我的生命。"

志摩的这类句子的确是他自己的真感，理想，他的个性的挥发。我特地记下上面的几件小事来为他的诗句作注解。凡与他常处的朋友谁也能从他的不羁，活泼，勇往，与无论如何想实现其理想的性格上看的出来。至于他的无机心与孩子般的纯笃，已经他人说过，可以不多提了。

我相信一个真正的诗人，无论他的作品是冰块是荆针，是毒药，是血汁，总之他的心没有一个不是有丰厚的同情，与理想的境界的追求的。志摩在文学方面的成绩，如创造相当的形式选择美丽的字句，这些工作都不是志摩得人同情的重要原因。他是诚恳地用种种方法诉说出他自己的愿望，思想，情感，自然，每一个文人都应如此，然而他的明快，与他的爽利，活泼的个性，表现在诗歌散文里更容易使人体察得到。因为同情的丰厚，所以任何微末的事物都易引起他的关念，幻想，一点点风景的幽丽，足以值得他欢喜赞叹。一个诗人不止在这上面可以发展他的天才，然而根本上连这点点的真实都没有，如何能以写诗？有的诗人（不论新与旧）只是走狭隘的一路，欣悦自然的变化，忘却了人生的纠纷，有的又止着眼于实地的生活，缺少了灵奇微妙的幽感。志摩的诗是否在新诗中达到最成功的地步不必讲，然而我们打开他的三本诗集看去，是不是能将"灵海中啸响着伟大的波涛"，与"几张油纸"，"三升米烧顿饭的事"，并合成一团动人的真感，印在读者的心头？姑无论他的风格，他的幻想的丰富，即此一点也足以成就他是"一位心最广而且最有希望的新诗人"了。

关于他的其他的追念不必多述了，我只记得十二年的春日我到石虎胡同，他将新译的拜伦的"On This Day I Complete My Thirty Sixth Year"一首诗给我看，他自己很高兴地读给我听。

想不到他也在三十六岁上死在党家庄的山下！他的死比起英国的三个少年诗人都死得惨，死得突兀！我回想那时光景不禁在胶扰的人生中感到生与死的无常！但他的死正是火光中爆开的一朵青莲，大海中翻腾起来的白浪，暴风雨中的一片彩虹的现影，足以在他的三十六年的生活史上添一层凄丽的闪光。他永远去追求"无穷的无穷"，永远"在转瞬间消灭了踪影"，永远"不稳在生命的道上感受孤立的恐慌"，然而这层凄丽的闪光却也永远在他的朋友们的心中跃动！

（志摩在这危急凄惨的大时代中掉头不顾地去了，为他写点追悼的文字，真有把笔茫然之感！今略记其一二小事，以见他的独特的性格，恕我暂时不能作更长的文字。）

我读小说与写小说的经过

  记得我最早学看小说是在十岁的那一年。父亲那时已经故去了三个年头,家中关于小说这类的"闲书",母亲都装了箱子高高地搁起来。书房里除了木板的经史与文章,诗歌,说文,字典之外,没有别的有兴趣的书籍。因为自五六岁时好听家中的老仆妇,乳妈,与别人讲些片段的《西游记》《封神演义》上的故事,尤其是在夏夜的星星下与冬晚的灯下,只要是听人说些怪异的事,纵然害怕,情愿蒙头睡觉,却觉得有深长的兴味。当时有个五十多岁的老瞽者,他姓王,能够弹三弦,唱八角鼓,又在那些读书的人家里听来,记得许多《纲鉴》上的事迹,《聊斋》上的故事差不多每篇都说得来,甚至其中的文言他也学会一些。每年中他到我家几次,唱唱书之外,我同姊妹们便催着他讲故事,他有酒瘾,只要是喝过二两白干之后,不催他说他也存不住。于是那些狐鬼的故事我听说的最早。小孩子的好奇与恐怖的心理时时矛盾着,愈怕人的愈愿意听,可是往往听了临睡时看见墙角门后的黑影都喊着怕!及至认得一些字后,知道这些奇怪事书本上有记载着的,家中找不到这类的书,便托人借看以满足幼稚的好奇心。那时给我家经管田地事务的张老先生的大儿子对我说,他有一部全的《封神》,我十分欣羡,连叠着催他由家中取来。后来他把这部九本的——正缺了末一本——铅字排印的小说送给我，从此我便添了一种嗜好。早饭时从书房中回来，下午散学，晚饭以前，都是熟读这部新鲜书的时候。书是上海的什么书局印的，油墨用的太坏，每个字的勾画旁边都有黄晕。没有几天已经看完，不知如何能有那样耐性，看完了，从开头再温着读。数不清是看过了多少次。其中的人名，神名，别号，法宝，甚至于成套的文言形容词，当时都背得很熟。尤其高兴着的是哪吒的故事，怎么借了荷花梗还魂，与善踏风火轮，以及哼哈二将，这都是十分留心看的地方。可惜少了末一本，姜太公怎么封的诸位善神，恶神，不曾明白，认为是美中不足的事。还有最不懂的是书中的"阐教"，着实闷人！儒，道，两家多少知道点，佛也明白是另一种教门，可是《封神演义》中有"阐教"，无从解释，问别人也少有懂的。以后便看了些鼓儿词，如《破孟州》《瓦岗寨》之类，却引不起多大的兴趣来。虽然活泼的小孩子也愿看些你一枪我一刀的热闹把戏，因为这等鼓词句法太整齐了，人物也没有什么变化，想象力更薄弱，所以不大留意。

再过一年便看到一部小字铅印的《今古奇观》，这部书对于我引起的兴趣自然与《封神演义》不同。儿童时天真的飞跃也因此起了变化。那部书里十之八是写的社会，人情，与浪漫的故事，总之几乎全是人情的刻划，不同于完全是信笔所写的妖怪神仙。于是我也渐渐明白些人与人的关系，也知道什么是善，恶，正直，欺诈等等的事，不过觉得终是敌不过那些腾云，驾雾，吹法气，斗宝的热闹。实在说，像《今古奇观》这样的书那会是十多岁的孩子的读物。就在这两年中，我热心搜求的结果，看到的小说不少；《笔生花》的长篇弹词，也是在那时看的，不过没有看完；因为看来看去尽是些絮絮叨叨的家常；怎么坐，怎么穿，怎么说，纵然有那些带韵的流利的唱句，也按不住自己的耐性。所以几本之后便抛开了；自然太长了也是一个原因。然而自此后知道说故事的书有许多种类，大概可以分为有韵的，白话的两种。直至看了《聊斋》以后，才恍然于文言也又写出许多美丽的故事了。

记得看《聊斋》与看《水浒》《石头记》都是又一年的事。不过看起《聊斋》来总不是与看两部一样的心思。当然是有短篇故事与长篇有连续性的东西不一样，最重要的是文字的关系。头一回得看《聊斋》那样文言的记事与描写的文字，对于只见过文言的经，史，与诗歌，古文的我，免不得有一种惊奇。虽然那时不能完全赏识《聊斋》中行文之美妙，故事与大致的言语总还看得懂。有不明白的典故，好在有注解可查，还可与读的诗经，诗歌相对照。虽不如看白话小说的省事，却并不像看弹词似的看不下去。然而看的态度却比别的小说要郑重得多。那些美丽奇异的故事，最容易引动我的，如《珊瑚》《婴宁》《凤仙》《胭脂》等，对于《江城》《促织》《马介甫》一类，便不甚乐意看。至于其中那些专于志怪的短文更很少有兴致，因为太简，仿佛历史的一段，又太直，没有故事的曲折，不热闹。最反对的如《画皮》，并不是觉得事出不经，终觉得像那个《画皮》的东西没有人情。其他故事中的鬼，狐，小时读着虽然初时知道是假的，及至他们有了言语，动作之后，在作者的笔下予以人格化，便忘记了是蒲老先生文字中的异类。幼稚的心中往往与他们同感。《石

头记》是读了又读的小说,自从得看此书以后,《封神演义》早已放在我住屋的窗台上不动了。这部书中有更繁复的人物,有种种的对话,动作,有巧妙的穿插,与照应的笔墨,我那时那能都看明白。然而对于它的人物,话,摆设,与变化引起我惊异的赞叹!——并不是对于作者的赞叹。虽是年龄小,却也知道对于其中的人物予以同情,或者分析分析他们的言语,行事。贫弱幼稚地鉴赏自然不会在小说以外去看小说的。至于书上的批语老是不高兴看,尤其是说影射某人,或是用些"易理"去加以诠释,真不明白那位护花主人是写些什么?《水浒》虽也在这一年看的,比起《石头记》的引诱来差多了。有时也爱想想烧草料场的豹子头,拔大柳树的鲁智深,可是片片段段的有趣味,不象《石头记》的整个的动人。因为看小说多了的关系,觉得自己的见解也随之提高。不是只守看一部不全的《封神演义》的心情了。除却故事之外,增加了不少的识见,与文字上的人情的阅历,对于作文自然也有点帮助。

《儒林外史》我见到的很晚,已在入中学时代了。《镜花缘》因为家中有很好的木版,见的虽早,那时也没有耐心看到底。一大段的议论,一整回的讲音韵,文字,又是些酒令,曲牌,揭过去吧,觉得看不完全,实在有点莫明其妙。老实说,我对于这部名著自小时看不出优点来。后来虽知道作者是颇有思想的,也许小时受了看不惯的影响,至今还觉得对它很淡薄。

除去章回小说之外,文言的以《聊斋》看的最早,《萤窗异草》《子不语》《夜雨秋灯录》等等奇怪的笔记都陆续着看过。看的比较觉得生疏的是《所圆寄所寄》,不过那时对于怪异的观念已明白了许多，不是一味好热闹与好奇的心理了。《夜雨秋灯录》还重看过几遍，其他的勉强看一遍便没有重看的兴致。这类书中，《阅微草堂笔记》，与《右台仙馆笔记》看的最晚，兴味也愈为淡薄。教训的道理多，文艺的兴感少，何况我在那个时期已经看过了几部长篇，所以更不迷恋它们。

在这三年中"闲书"虽看过一些，却是纯粹的文言笔记还未见过。只有一次在我家盛旧书的大木箱子中检得一本粉纸精印的《说铃》，初时以为有"说"字的自然是小说，及至看完，知道是另一回事。文字与其中的议论，颇引起我另一种趣味。记平凡的有趣的轶事，以及批评诗文的短文字，使我看"闲书"的眼光为之一新。以后除在家塾中读的书以外，渐渐学着看诗话，文评一类的东西，都是由这本《说铃》引起来的。

这都是十四岁以前对于初看小说的经过，以后入学校到中学，忽而努力于《文选》，《唐诗》，古文，一天天忙于抄，阅，圈，点，早已不能尽工夫看小说了。可是林译的小说在这时也见了不少。那时对于旧诗抱着真纯的热心，曾在暑假中手抄过李义山的全诗集，温飞卿的选本。差不多这两位绮丽诗人的句子一见即可知道。那样的迷恋于旧诗文的过去，现在不必多说了。

再淡一谈我学作小说的经过。

因为小，母亲不愿我入学校，——那时我家的镇上已经有了私立的中学。——请先生在家教读。那位先生虽是个秀才，学问方面却也通达，他曾学过算学，能以演代数，懂得一些佛经，又在广东住过几年，看过那时的新书不少。所以我十二岁在家

塾中却有一半的工夫用在商务印书馆出的中学用本的《新体地理》，《历史教科书》，与三大厚本的《笔算数学》上（这部书是烟台教会中印行的，流行的很广）。先生又教着每天圈《纲鉴》，读古文，这些事似与那末的儿童不对劲，不过先生能够讲解的清晰，我倒还不很感困难。讲到作文，对对字，五言小诗，我也经过这个阶段，可是只不过学了一年便开始作文。那个时代，即在学校中也是一例出些讲大道理，或者空空泛泛了的题目。——记得我考县里高小的文题是《足食足兵二者孰重论》，考中学时也是这类的文题，却记不清了。——在塾中先生自然是出这一类的题目，不是评论人物，就是顺解经义，那不过是使小孩子多查书，硬记文言的成语，想象与情感可以说是搀不进一丝毫去的。所以我虽是还能诌几句，却得不到自由发抒的兴致，只好从别方面去求作文字的自由。多少读过几首唐诗，略略懂得平仄，可是乱凑的诗句自然弄不好，也没有什么诗感。想涂抹点故事，既苦于没有材料，文字又用不妥，很想有些人对我说些《聊斋》，《子不语》类的怪事。我可以记下来；实在还不能凑合几句文言，这真是一种空想。后来得看到《小说月报》的第一卷，《小说月报》与旧日出版的《月月小说》，引起我用白话作那样小说的高兴。十五岁，正是二次革命的那一年，那一个暑假我由济南回到家里，忽然用章回体写了一本长篇小说。给它一个可笑的名字，叫《剑花痕》，约有二十回，大略是写些男女革命，志士一类的玩艺。因为那时我在省城读书，社会上的事实，人情，略有见闻，便引动浅薄的创作欲，写了这一本，可是直到现在压在旧书箱中没再翻过。在中学时每月看《小说月报》，——那时是王莼农君编辑，——便想着写点短篇寄出去，于是在窄小的寄宿舍的窗下，自修后便写小说。初时觉得怕投不上稿，便将第一次的那篇《遗发》投到《妇女杂志》去。（王莼农也兼编《妇女杂志》），想不到却得到他的复信，说把这篇小说刊印在某期之中，并且还寄了十几圆的书券来，当然我异常高兴！马上把书券去买了一部新出版的影印的《宋诗钞》。后来陆续投了两篇去，都登出来。在改革的前一卷的《小说月报》里，也投登过一篇。这都是我初写小说投稿的经过。（说到这里还记起中华书局初出《中华小说界》时，似乎周启明先生常作点文字。我那时当然不知周先生是何许人。某一号里有一篇小说，是用文言作的，题目大约是《江村夜话》，作者署名是启明二字。文字的隽永，与描写的技巧，在那时实是不多见的小说。我常常记起这篇文字与作者，直至在北京认识启明先生之后，方知道就是他的创作。）

以后便是《新青年》的时代了。《新青年》初名《青年》，我在济南时读过第一二册，觉得议论，思想，都是那时暮气沉沉中的一颗明星。因为后头有通信一栏，我还同它的主编人通过一回信，从这时起，我自己的思路似乎明白了许多。不久，到北京读书，便把旧日的玩艺丢掉了。学着读新书，作新文字，把从前认为有至高价值的旧文艺，与旧书堆中的思想都看得很轻。那时与郑振铎，耿济之，瞿菊农，宋介诸位常在一处开会，讨论这个那个，其实对于"新"的东西，都没有完全了解。

我用新体文字写第一篇的小说，是听见徐彦之君告诉我的一段故事。他嘱写成小说，登在《曙光》的创刊号中。内容是一个为自由恋爱不遂做了牺牲的悲惨故事，这样的题材很适合那时的阅者。可惜自己不会用相当的艺术写,现在看来那真是极幼稚的习作。在《新青年》中见到鲁迅先生的《孔乙己》《狂人日记》,觉得很新奇,自己是无论如何写不出那样的文字来。即说到鉴赏,恐怕《狂人日记》初登出时,若干青年还不容易都十分了解。在这时,叶绍钧,杨振声诸君也在《新潮》上写短篇创作。以后我对于这样作法十分热心,胡乱写了一些短篇,第二年在北京西城某公寓中写成《一叶》。

这些关于个人的幼年读小说,与后来学着写小说的经过,本没有对人述说的价值。在自己,自然是生活的一片段,究竟是无足说的,不过记出来可以与年龄,时代,差不多的朋友相对证而已。

在这暴风雨的前夕,一个人的生活,无论如何,终要湮没在伟大的洪流之中,那有述说的必要。何况无论谁的生活都是在环境与其所属的阶级中挤进出来的,不奇异,也不是特殊。以后我想回忆录之类的文字大约应少了吧?对于这个"作家生活"的题目,惭愧没有多说:只写了一些个人经历的片段罢了。

青纱帐

稍稍熟习北方情形的人，当然知道这三个字——青纱帐。帐字上加青纱二字，很容易令人想到那幽幽的，沉沉的，如烟如雾的趣味。其中大约是小簟轻衾吧？有个诗人在帐中低吟着"手倦抛书午梦凉"的句子；或者更宜于有个雪肤花貌的"玉人"，从淡淡的灯光下透露出横陈的丰腴的肉体美来。可是煞风景得很！现在在北方一提起青纱帐这个暗喻格的字眼，汗喘，气力，光着身子的农夫，横飞的子弹，枪，杀，劫掳，火光，这一大串的人物与光景，便即刻联想得出来。

北方有的是遍野的高粱，亦即所谓秫秫，每到夏季，正是它们茂盛的时季，身个儿高，叶子长大，不到晒米的日子，早已在其中可以藏住人，不比麦子豆类隐蔽不住东西，这些年来，北方，凡是有乡村的地方，这个严重的青纱帐季，便是一年中顶难过而要戒严的时候。

当初给遍野的高粱赠予这个美妙的别号的，够得上是位"幽雅"的诗人吧？本来如刀的长叶，连接起来恰像一个大的帐幔，微风过处，干叶摇拂，用青纱的色彩作比，谁能说是不对？然而高粱在北方的农产物中是具有雄伟壮丽的姿态的。它不像黄云般的麦穗那么轻袅，也不是谷子穗垂头委琐的神气。高高独立，昂

首在毒日的灼热之下，周身碧绿，满布着新鲜的生机。高粱米在东北几省中是一般家庭的普通食物，东北人在别的地方住久了，仍然还很欢喜吃高粱米煮饭。除那几省之外，在北方也是农民的主要食物，可以糊饼子，摊作煎饼，而最大的用处是制造白干酒的原料，所以白干酒也叫做高粱酒。中国的酒类性烈易醉的莫过于高粱酒。可见这类农产物中所含精液之纯，与北方的土壤气候都有关系，但高粱的特性也由此可以看出。

为什么北方农家有地不全种能产小米的谷类，非种高粱不可？据农人讲起来自有他们的理由。不错，高粱的价值不要说不及麦、豆，连小米也不如。然而每亩的产量多，而尤其需要的是燃料。我们的都会地方现在是用煤，也有用电与瓦斯的，可是在北方的乡间因为交通不便与价值高贵的关系，主要的燃料是高粱秸。如果一年地里不种高粱，那末农民的燃料便自然发生恐慌。除去为作粗糙的食品外，这便是在北方夏季到处能看见一片片高秆红穗的高粱地的缘故。

高粱的收获期约在夏末秋初。从前有我的一位族侄——他死去十几年了，一位旧典型的诗人，他曾有过一首旧诗，是极好的一段高粱赞：

"高粱高似竹，遍野参差绿。粒粒珊瑚珠，节节琅玕玉。"

农人对于高粱的红米与长秆子的爱惜，的确也与珊瑚，琅玕相等。或者因为这等农产物品格过于低下的缘故，自来少见诸诗人的歌咏，不如稻，麦，豆类常在中国的田园诗人的句子中读得到。

但这若干年来，高粱地是特别的为人所憎恶畏惧！常常可以听见说："青纱帐起来，如何，如何？……""今年的青纱帐季怎么过法？"因为每年的这个时季，乡村中到处遍布着恐怖，隐藏着杀机。通常在黄河以北的土匪头目，叫做"杆子头"，望文思义，便可知道与青纱帐是有关系的。高粱秆子在热天中既遍地皆是，容易藏身，比起"占山为王"还要便利。

青纱帐现今不复是诗人，色情狂者所想象的清幽与挑拨肉感的所在，而变成乡村间所恐怖的"魔帐"了！

多少年来帝国主义的压迫，与连年内战，捐税重重，官吏、地主的剥削，现在的农村已经成了一个待爆发的空壳。许多人想着回到纯洁的乡村，以及想尽方法要改造乡村，不能不说他们的"用心良苦"，然而事实告诉我们，这样枝枝节节，一手一足的办法，何时才有成效！

青纱帐季的恐怖不过是一点表面上的情形，其所以有散布恐惶的原因多得很呢。

"青纱帐"这三个字徒然留下了极淡漠的，如烟如雾的一个表象在人人的心中，而内里面却藏有炸药的引子！

一九三三年七月四日

青岛素描

从北平来，从上海来，从中国任何的一个都市中到青岛来，你会觉得有另一种的滋味。北平的尘土，旧风俗的围绕，古老中国的社会，使你沉静，使你觉到匆忙中的闲适，小趣味的享受。在上海，是处处摩仿着美国式的摩天楼，耀目的红绿光灯，街市中不可耐的噪音：各种人民的竞猎，凌乱，繁杂忙碌，狡诈，是表现着帝国主义者殖民地的威风派头。然而青岛，却在中国的南方与北方的都会中独自表现着另一副面目。

"青山、碧海、红瓦、绿树。"康有为的批评青岛色彩的八个字，久已悬悬于一般旅行者的记忆之中。讲青岛的表现色，这几个形容字自然不可移易。初到那边的人一定会亲切地感到。

我早有几次的经验，不是初来此地的生客。然而这一个春季，我特别在这个美丽的地方借住于友人的家中，过了几个月。有许多很好的机会，使我看到以前所未留心的事物。

这地方的道路，花木，房屋的建筑，曾经有不少的人写过游记，似乎不必详谈。然而从另一种的观察上看去，这里一切的情形是混合着德国人的沉重，日本人的小巧，中国固有的朴厚。经过重要街道，你如果是个留心的观察者，可以从街头所有的表现上看得出。

譬如就建筑上来说，这是最能显示一国的民风与其文化的。青岛在荒凉的渔村时代，什么也没有。自从世界上震惊于德国兵舰强占胶州湾以后，一年一年……一年一年的过去，这里完全变象了。为了德人强修胶济铁路，沿铁路线的强悍的山东农民作了暴争的牺牲者，人数并不很少；可是在另一方面，为了金钱，为了新生路的企图，靠近胶州湾几县的农民，工人，用他们的汗血与聪明，在德国人的指挥之下，把青岛完全改观。深入大海中的石壁码头，平山，开道，由一砖，一木，造成美好坚固德国风的高大楼房，他们有的因此得了奇怪的机会，由一个苦工后来变为有钱有势的人物，有的挣得一分小家私，不在乡间过活，也有的一无所得，或者伤了生命。但青岛的建设事业如其说是凭了德国人的头脑，还不如说是胶东穷民的血汗。自然，一般人都颂扬德国人的魄力。然而我看到这几十年前的海滨渔场，现在居然变为四十多万人口的中等都市，这其间的辛苦经营，除掉西方的机器文化以外，我们能忍心把中国一般苦工的力量全个抛去？

欧战之后，"乖巧"的日本人承袭了德国人强占的军港，于是太阳旗子，木屐的响声，到处都是；于是又一番的辟路，盖屋；又一番的指挥，压迫。无量的日本货物随着他们的足迹踏遍山东的全境。而一般在这个地方辗转求生的中国人，只好把以前学会的德语抛却，从新学得日本言语，文字，再来做一次的奴隶。

这是有什么法子！"在人矮檐下，怎敢不低头！"于是中国人的心目中觉得那迥非前时可比了。德国人像一只掠空的鸷鹰，他单拣地面上随时可以取得的肥鸡，跑兔；至于小小虫豸则不足饱他的口腹。他是情愿把小小的恩惠赏给奴隶们的。可是××人却不然了。挟与俱来的：街头的小贩，毒品的制造者，浪人，红裙队，什么都来了。一批一批的男女由大阪、神户向这个新殖民地分送。于是以前觉得尚有微利可求的中国居民也渐渐感到恐慌。因为对××人的诅恨，更感到德国人的优容。直到现在，与久居青市的人民谈起话来，说到这两位临时"主人"，总说："德国人好得多，××最下三烂！"这是两句到处可以听到的话。

"主人"是换过了，虽然待遇不比从前好，怎么样呢？因为各种事业的开展仍然最需要苦工。而山东各县的景况恰与这新开辟的都市成了反比例。连年内战，土地跌价，一般农民都想从码头上找生路。于是蓝布短衣，腰掖竹烟管，带苇笠的乡民也如一般××的找机会的平民一样，一批一批地由铁路，由小帆船运到这可以憧憬着什么的地方中来。

从那时起，军港的青岛一变而为纯粹的商港。聪明的××人知道这里还不是久居之地。也不作军港的企图，把德人的修船坞拖回他们的国内，德人费过经营的沿海要塞的炮台，内部完全破坏，只要有利可图，能够继续占有德人在沿铁路的企业、如煤矿、林业，房舍种种，他们一心一意来做买卖。直待至太平洋会议时，摆了许多架子，在种种苛刻的条件下，算是把这片土地付还中国。

历史，自有不少的聪明历史家可以告诉后人的，现在我要单从建筑上谈一谈青岛的混合性。

看一个国家或是一个地方的文化，善于观察者从一方面即可推知其全体。即就建筑上说，很明显的如爱司基摩人的雪屋，热带地方人住的树皮草叶的小屋，近而如日本人好建木板房子，而中国北方就有火炕。由于气候，习惯，建筑遂千差万别。从这上面最易分别出一国家一地方的民性。至于更高尚的，如东方西方古代的建筑，何以意大利有许多辉煌奇异的教堂，而埃及则有金字塔，正如中国有著名的长城一样。所以有此的缘故，并不简单，要与其一国的地理，历史，风尚，人民的性质具有关联。这不是几句话可以说明的。

德国的建筑移植到中国来，当然青岛是一个重要地方。在初时一般人只知道德国人在大清府（这是一个不见于历史的名词，乃是山东胶东一带人民在二十年前叫青岛的一个自造专名词，到底是大青还是大清，却无从知道。）盖洋楼，自然是在几层上面，有尖角，有石柱，有雕刻，有突出嵌入的种种凉台、窗子，统名之曰洋式而已。实在直到现在，凡是留心的人还能由这些先建的洋楼上，看出德国人的沉鸷刚勇的气概。例如青岛著名的建筑物，现在的市政府与迎宾馆，以及当年德国人的军营，现在的山东大学与市立中学校。那些建筑物，除掉具备坚固、方正、匀称、高大的种种相之外，你在它们旁边经过，就觉得德国人凡事要立根很深的国民性有点可怕！同时也还有其可爱之点。当初他们对这个港口实在是花过本钱的。究竟不知是多少万马克汇来东方，经营着山路，海堤，森林，铁路，一切事他们早打定了永久的计划，所以都从根本上着想。建筑也是如此。现在凡过青市生活略久一点的人，走到街上，单凭看惯的眼光，便能指出这所房子是德国人盖的，那是××的玩意，是中国式房子，十有八九错不了。自然的分别，就譬如眼见各人的面目不同一样。

有形势与作风，自古代，建筑是与音乐，绘画，并列入文艺

之内的。因为它表现着时代精神与人民生活性的全体,而愈长久的建筑物却愈能代表那一个国家一个地方的最高文化。端庄中具有稳静的姿态,严重形势上包含着条理与整齐。不以小巧见长,同时也不很平板。恰好与日本人的建筑物相反。日本在维新以后,初时处处惟德国是仿,然而连形式上不对。由日本占青市后建造的神社及其他住房上看,很清楚,他们只在玲珑,清秀上作打扮。是一个清瘦精细的女孩,而没有"硕人其颀"的神态。至于完全出自中国人的意匠所盖的房屋,除却照例的二三层商店房式之外,其他的住房多半是整齐,方正,很能在新形式中仍存有固有的风姿。近年也有几处从上海移植来的所谓立体建筑物。

青岛的建筑是这样混杂着。可以由此推知以前的青岛是如何受了外国的影响。

"不错,这名称不是空负的。据我所到的地方,就连德国说在内,像这么美好适于居住的城市也不多。"

正是一个春末的黄昏,我的亲戚C君——他是一个留德的医学博士——在凉台上告诉我,因为我们又谈到这东方花园的问题。

"我爱这边的幽静,而又不缺乏什么,可是有人说这边没有中国文化,但怎么讲呢?文化两个字解释起来怕也费劲!自然许多人在热心拥护古老的文化精神,是什么呢,你说,……"我呷着一口清茶望着电灯微明下的波光慢慢地说。

"哼!文化!中国的古老文化不是上茶馆,抽水烟,到处有的杂货摊?什么东西只要古香古色的那就是!……至于说真正的中国固有文化的精神,你以为在哪里?难道在北平,在济南,在各个大都会里?我们到那些地方也只看到古老文化的渣滓,真正可爱的古文化的精神在哪里？……"

"所以啦，我以为在这里反倒清静些。……"他感慨地叹着，又加上一句断语。

"本来我对这一句话也认为有点难讲。这地方没有中国古老的文化也许容易造成一个崭新的地方。因为以前没的可保守，所以一切事都容易从新作起。虽然是否能造成另一种更好的文化还不可知，然而至少要把这些文化的没用的渣滓去掉，也并不难，——我知道这边的人民诚实，朴厚，做起事来又认真，虽然不十分灵活，可是凡到本处来的人却很能了解。又配上这么幽静而又有待发展的地方，在国内青岛的将来是不缺少好希望的。"

C君因为我的乐观。便在小桌上用手指敲一下道：

"你可不要忘记了××人！"

这是每个在青岛住的久稍有点知识的人时时容易想到的一个严重问题。××人，虽然似乎大量地把这个地方奉还原主，然而铁路的价值，保留的房产，沿铁道线的种种利权，依然都在他们的掌握之中。兵舰是朝发夕至，对于这个好地方的未来，谁也怕××人再来伸手！

"你想这边××的余势还有多少？重要商业与航运的便利，几乎全被他们所操纵。现在青岛的平和能维持到那一年，天知道！——可是这也不必多虑了。想不了那一些！另外我可告诉你，为什么近十年来这海边小都会人口渐渐加多？不是做生意的人说不好么？不景气么？然而各县，各乡村中的不安定较这里更厉害，就使吃饭便好，那些用手脚来谋生的人往外跑，一年比一年多，各处一例。所以在这里也看出人口增多，而事业并不见大发展的原故。"

他怕我不明白这种情形，所以尽力的解释。但是我正在靠山面海的凉台上向四方看去。稀稀疏疏的电灯光映着那些一堆一撮，高下错落的楼房，海边就在我们坐的楼下。银色的波涛有节奏似地撞着石堆作响。静静的海面只有几只不知那国的军舰，静静地停泊着。黑暗中海面的胸衣慢慢起落。在安闲平静中却包藏着什么中国、日本、农村、商业的重大问题。这时我另有所思，答复C君道：

"唉！这人间的苦恼，永久的争斗，从古时到现在，没有演奏完了的时候，今夕何夕？你看，这么好听的涛声，这样好的境界之中！……"

"你是'想今夕只可谈风月！'哈哈！……"

"…………"

"是的，本来人是在环境中容易征服的动物。刺激愈重，动力愈大。从前在德日帝国主义者的铁骑下的中国居民，虽然是被保护者，可是他们究竟还感到压迫的不安。现在大家除却作个人的生活竞争之外，在这幽静的新都市中住惯了的人，差不多随了环境也都染上一种悠闲的性质。就以生活较苦的人力车夫来作比，你看他们与上海、天津、汉口、北平各处他们的同行可一样？

"不同，不同，青岛市的车夫穿得整齐，他们争坐也不像别的地方那么厉害、甚至吵骂，挥拳头。差得多，这是谁都看得出来的。"

"原因？……原因就在这里的钱较容易赚，虽然生活程度并不低于别的都会。外国人多一点，贫苦生活的竞争是有的，然而比别的都会也还差些。"

我听了C君的结论，不敢十分相信，然而也无可以驳他的理由。我忽然注目到凉台下面的几棵樱花树，电光下摇动它的花瓣落在青草地上。

"啊！是了。这几天我只从街道旁边看过樱花，没曾专往公园的樱花路上去观观光。……"

"这还是日本风的遗留。自从日本人占了此地之后。栽植上不少的樱花树，每年还有一个樱花节在四月中举行几天，与在日本一样。现在这节日自然是取消了，可是每年花开的时候，车马游人依然是十分热闹，春季与盛夏是青岛最佳的时候，——所以无论如何，青岛的居民是谈不到秋冬令的感受与刺激的！"

C君很俏皮地这么说，我也明白他也有点别感，话并不直率。可是我一心要拉着他外出游观，便与他订明于第二天一早出发往公园与青岛市外。

沿着海岸的太平路、莱阳路，随了汽车队的穿行，这真给我以重游的满足。一面是碧玻璃般明净的大海，一面是山上参差的楼台。汇泉一带的新建筑与团团的一大片草场那么柔又那么绿。未到公园以前便看见比乡镇赛会热闹得多的游众。公园的玩艺很多：水果摊、咖啡店，照像处，小饭店，都在花光树影下叫卖着。不是看花，简直是"人市"。

实在这广大的中山公园的美点并不止在这几百株的樱花身上，有许多植物从德人管理时代移植过来，名目繁多，大可供学植物者的参考：据说因为德人要试验这半岛上究竟宜种何种植

物,便尽量的撒布下各种植物的种子。……再则是最娇美的海棠在这边也成了一条路,路两侧全是丽红粉白的花朵。其实比满树烂漫的樱花好看。

剪平的草地,有小花围绕的喷水池,难于一一说出名字的各种松柏类的植物,薰人欲醉的暖风,每个人都很欣乐地在这自然的美景中游逛,说笑。我因此记起了C君夜来谈话,不禁使自己也有点惘然之感!

因为太喧闹了。我们便离开这里往清净的海水浴场去。

还不到海水浴的时候,一大片沙滩上只有那些各种颜色的木板屋,空虚地呆立着,没有特制大布伞,没有儿童的叫嚷,没有女人的大腿与红帽。静静地看,由这处,那处,一层层泛荡过来的层波,轻柔地在沙边吞啮着。恰巧这不是上潮的一天,浅水,明沙,分外显得有趣。我们脱了鞋袜用海水洗过脚,在沙滩上来回的走着。看这片深碧色浮映着一种可爱的明光的圆镜,斜对面的青岛山,小小的山峰孤立在那里,披上春天的薄衣。小的浪花疲倦地,迟迟地,似一个春困的少女的呼吸,由不知何处来的那股冲动的力量使她觉到不安,可又不能作有力的挣扎。沙是太柔软了,脚踏下去比在波斯织的毛毯上还舒适。是那么微荡地又熨贴地,使脚心的皮肤感到又麻又痒的一种快感。

风从海面斜掠过来,挟着微有咸湿的气味,并不坏,因为一点也不干燥。

空中呢,在这海边的天空是最可爱的,尤其是春秋的时候,晴天的日子那么多,高高的空中,明丽的蔚蓝色,像一片彩色的蓝宝石将这个海边的都市全罩住,云是常有的,然而是轻松的,片段的，流动的彩云在空中时时作翩翩的摆舞，似乎是微笑，又似乎是微醉的神态。绝少有板起青铅色的面孔要向任何人示威的样儿。而且色彩的变化朝晚不同，如有点稍稍闲暇的工夫，在海边看云，能够平添一个人的许多思感，与难于捉摸的幻想。映着初出海面的太阳淡褐色的微绛色的云片轻轻点缀于太空中。午间，有云，晴天时便如一团团白絮随意流荡。午后到黄昏，如果你是一个风景画家，便可以随时捉到新鲜、奇丽的印象。从云彩从落日的渲染，从海对面的山色上使你的画笔可以有无穷的变化。

这上午我同C君在沙滩上被什么引诱似地坐了许久的时候，时时听到岸上车马来回的响声。

C君为要另给我一种印象，叫了一部马车把我们载到东西镇去。

那像青岛市中心的首、尾，东镇在以前是与市区隔着一条荒凉的马路，两旁还是野田。这些年那条路却成了日本居留民的中心地带。由日本神社的下面往东走，好长的一条辽宁路，两旁的生意至少有一半是挂着日文的招牌。这是公共汽车与各处长途汽车向市外走的要道。东镇原是一个小小的村庄，现在成了工人小贩的住居区。自然，马路、电话、汽车，样样都有，可是旧式的黑板门，红门对小店铺的陈设，冷摊的叫卖者，仿佛到了中国较大的乡村一样。这里很少摩登的式样。有不少的短衣破鞋的男子，与乱拢着髻子仍然穿着旧式衣裤的女人。小孩子光着屁股在街上打架。拾蚌螺的贫女提着柳条筐子从海边回来。这便是青岛的贫民窟么？不对，究竟得算高一级的。不过当我们的马车经过

几条冷落的小街道时,看见矮矮的瓦簷下,门口便是土灶,有的还有些豆梗,高粱,似是预备作燃料用的。窄窄的红对联不免有"一元复始,万象更新"的吉利话。三个两个穿红裤子蓝布褂的女人,明明是乡间的农妇,可是满脸厚涂着铅粉,胭脂,向街上时用搜索的眼光找人。经过C君的告诉,我才知道这是最低等的卖淫者,大约是几角钱的代价吧。这边有的是普通工人,干粗活的,拉大车的,有一种需要的消费,便有供给的商品。

"你没看见那些门上有一盏玻璃罩的煤油灯?那便是标识,经过上捐的手续,她们便可在晚上点灯,正式营业——其实这些事谁还管是夜里,白天!"

C君即速催着马车走过,我疑的他这位医学家是怕有什么病菌在空中传布吧。

由东镇再转出去,便是著名工厂地带的四方。触目所见全是整齐的红砖房子。银月,太康等日本人的纱厂都在这里。男女工人在上工放工时,沿四方到东镇的马路上,全是他们的足迹。山东全省人民日常穿的粗衣原料,这里便是整批的供给处。不错,几万的工人在这到处不景气氛围中,似乎容易发生失业的问题。在青岛却差得多,生意,与一切便宜的关系,横竖各个乡村谁不需要一件洋布衣服穿,价廉而又广泛的推销贩卖,这个地方的各个大机器很少有停止运行的时候。

四方这地方就因为若干大工厂的关系,变为工人居住的区域。又加上胶济铁路的机厂也在这里,所以我们在这一带所见到的便是短衣密扣的壮年男子,梳辫剪发的花布衣裳的姑娘,煤灰,马路上的尘土,并且可以听到各种机件的响声。

西镇是紧接着青市的中心市区,除了经过火车道上面的一条大桥之外,并无什么界限。虽然也似乎杂乱,却较东镇整齐得多。小商店,与一般职员的住房很多。

日落时马车转到青市的最西偏处。那是著名的马虎窝海岸上的木板屋与草棚,中间有不少的家庭在这荒凉的地方度日。

"这才是青岛的贫民窟。你瞧:与南海岸的高大楼房相比,以为如何?……"C君问我。

"那个都市不是这样!到处都是一律。但我总想不到在这美丽的都市也还有这么苦的地方。"

"傻人!愈是都市愈得需要苦力。没有他们怎么能造成各种享受的事物。一手,一足的力量是一切最需要的。而上级的人士他们宝贵他们的头脑,更宝贵他们的手足。机械还不能支配一切,于是苦力便需要了。所以你以为东镇的小屋是最低等,瞧这儿!……"

我在车中不停地注视。矮矮的木屋,有的盖上几十片薄瓦,有的简直是用草坯,鸡栅便在屋旁,疲卧的小狗瞪不起警视的眼睛,与西洋女人身后的狼犬不可比量!全是女人,孩子,她们的男子这时正在赚馒头吃的地方工作,还没有回来。

澎湃的涛声在这片荒凉的海岸下响着单调的音乐,向东望,几处高高矗立的烟突,如同一些高大的警察在空中俯瞰着一切。

"平民的房屋现在正在建筑着,然而怎么能够用。这不是一个问题?"C君说。

我没回答他。马车穿过这里,一些黄瘦污脏垂着鼻涕的孩子前前后后地呆看。

渐走渐近，不到半点钟而市中心的红绿光的商标已经放射出刺激视觉的光彩，而流行的爵士音乐，与"我爱你"的小调机片声音也可以听得到了。

夜间，我独自在南海岸的杂花道上逛了一会，想着往海滨公园太远了，便斜坐在栈桥北头小公园的铁桥上面前看。新建成的栈桥深入海中的亭子，像一座灯塔。水声在桥下面响的格外有力。有几个游人都很安闲地走着，听不到什么言语，弯曲的海岸远远地点缀着灯光，与桥北面的高大楼台相映，是一种夜色的对称。

一天重游的所见，很杂乱地在我的脑中映现。我想：不错，这么静美而又清洁，一切并不比大都市缺乏什么的好地方。无怪许多人到此来的很难离开。可是从另一方面说，还不是一样，也有中国都市的缺陷。或者少点？虽然静美，却使人感到并不十分强健。理想的境界本来难找，可是除却沉醉于静美的环境中，想一想中国都市的病象，竟差不多！譬如这里，已比别处好得多，然而有什么更好的方法可以使这个静美的地方更充实与健康呢？

我又想了，这问题是普遍于各大都市之中的。……

一九三四年三月十九日

蜀　黍（高粱）

收拾旧书，发现了前几年为某半月刊上所作的一篇短文，题目是《青纱帐》。文中说到已死去十多年的我的一个族人曾为高粱作过一首诗，诗是：

"高粱高似竹，遍野参差绿。粒粒珊瑚珠，节节琅玕玉。"

我再看一遍，觉得那篇文字专对"青纱帐"这个名词上写去；对于造成青纱帐的高粱反说得较少，所以这次另换了"蜀黍"二字作为新题目，重写一篇。

在北方的乡下看惯了，吃惯了，谁也晓得什么是高粱。不待解说。但不要太看轻了，只就它名字上说起来，便有不同的说法。不是么？"秫秫"是乡下最通俗的叫法，什么"锄几遍秫秫，打秫秸叶，秫秫晒米了。"这些普通话，接着时候在农民的口中准可听到。"高粱"自然是为它比一切的谷类都高出的缘故，不过"粱"字便有了疑问。曰谷，曰粱，曰粟，统是呼谷的种种名目。"粱"，据前人的解释是："米名也，按即粟也，糜也，芑也，谓小米之大而不黏者，其细而黏者谓之黍。"不过这

等说法是不是指的现在的高粱？原来中国的谷类大别为九：黍，稷，粱，秫，稻，麦，菽，麻，苽。不过这里所谓"粱"即糜与芑，小米之粗而不黏者，与"秫秫"无关，而所谓"秫"者是否是高粱。也是疑问。为要详辨那要专成一篇考证文字，暂且不提。不过习俗相沿却以高粱的名称最为普遍，好在一个"高"足以代表出它的特性，确是很好的形容词。

但是"蜀黍"从张华的《博物志》上才有此二字的名称。原文没说那是高粱，后来有人以为蜀黍即是稷。直到段玉裁《说文解字注》方把从前所谓蜀黍即稷说加以改正，他说："汉人皆冒粱为稷，而稷为秫秫，鄙人能通其音者士大夫不能举其字。"以前全被秫、粱二字混了。蜀黍即秫秫，（高粱）却非黍类！高粱是俗名亦非粱类。黍粒细小多黏性，（亦有不黏者）而"餍膏粱"之粱字，必不是指的秫秫这类乡间的粗食。《礼记》曰："粱曰芗萁"，《国语》曰："夫膏粱之性难正也，注：食之精者"，这是指现在所见小米之大而黏者，与秫秫当然不是一类。蜀黍二字在古书中见不到，朱骏声曰：

"今之高粱三代时其种未必入中国，亦谓之蜀黍，又曰蜀秫。其实与粱，秫，黍，稷均无涉也。"

朱氏虽然没考出高粱究竟是什么时候有的这种农产品，而与"粱，秫，黍，稷均无涉也，"可谓一语破的。

如像此说法何以称为蜀黍？或是由蜀地中传过来的种粒？但没有证据，只是字面的推测，自然有待于考证。

乡间人不懂这些分门，别类，音义兼通的种种名词，不过习俗相沿，循名求实，亦自有道理。譬如"种秫谷"二字连用可以单呼为秫。至去谷呼高粱，则必凑以双音曰秫秫。谷成通名，亦为专名，如"五谷"，"百谷"，虽与乡下人说此，亦明其义。如"割谷，晒谷，槊谷"是专指带糠秕的小米而言，其实便是"梁"。至于秫字指高粱必须双用，曰秫秫，不能单叫一音。有人说是北地呼蜀黍音重，即为秫秫。是吗？蜀黍果然是原来传自南方吗？这却又是一个重大的疑问。

好了，由青纱帐谈到高粱，由高粱转到蜀黍，再照这样写下去真成了植物考证了。不过因为习叫久了的名称与字义上的研究微有不同，所以略述如上。

单讲高粱这种农产食物，我喜欢它的劲节直上，不屈不挠；我赞美它的宽叶，松穗，风度阔大；尤其可爱的是将熟的红米迎风飐动、真与那位诗人所比拟的珊瑚珠相似，在秋阳中露出它的成熟丰满来。高粱在夏日中的勃生，比其他农产物都快得多。氾娄农说：

"久旱而澍则禾骤长，一夜几逾尺。"

虽曰文人的形容不无甚词，而高粱的勃生可是事实，几天不见，在田地中骤高几许。其生长力绝非麦、谷，豆类所能比拟。

高粱在北方不但是农家的主要食品，而且它具有种种用处：如秫秸与根可为燃料，秫秸秆可以勒床，可作菜圃中冬日的风帐，秆皮劈下可以编成贱价的席子，论其全体绝无弃物。

高粱米吃法甚多：煮粥，煎饼，与小米、豆子相合蒸窝窝头。而最大的用处是造酒，这类高粱酒在北方固然是无处不通行，而南方亦有些地方嗜饮且能酿造。如果有细密的调查便知高粱除却供给农民一部分的食用外，造酒要用多少，这怕是一个可惊的数目！

粗糙是有的，可颇富于滋养力。爽直是它的特性，却不委琐，不柔靡，易生易熟，不似别的农产品娇弱。这很具有北方性。与北方的地理与气候特别适宜。它能以抵抗稍稍的亢旱，也不怕水潦，除却大水没了它的全身。

记得幼小时候见人家背了打过的秫秸叶，便要几个来拿在手里，摹仿舞台上的英雄挥动单刀，那长长的宽叶子确像一把薄刀。新秫秸剥去外皮，光滑，红润，有一种全紫色的尤为美丽可爱。

至于不成熟的变异的高粱穗苞，名叫"灰包"。小孩子在其嫩时取下来食之甘脆，偶然吃着成熟过的，弄一嘴黑丝，或成灰堆，蹙眉下咽，亦多趣味。

但是这在北方乡下是很平常的小孩子的玩具与食品，同都市的孩子们谈起来却成为"异闻"了。

火　星

　　把蓝呢制服上的钮扣全解开，一股向晚的凉风扑入胸中，他觉得灼烧在心头中的烈火到这时略略地平息一点。倚着大道旁的洋槐树，看着几十辆的人力车正在东站门口抢着拉座。他们赤了脚，破烂的号衣，与新雨后的泥地道旁的垃圾应合着，完全显出一幅破败污乱的构图。西方，被淡霞收了去的落日，在混茫中还留着余晖，返映着车站钟楼的尖顶。大钟的白面孔上，黑针恰好指着六点一刻的时间。

　　额上偏右边连到眼角。突起了一个肉疙瘩。比核桃还大。颜色有点儿青。两眼中全是红丝，仿佛他吃过过量的酒。然而他这时并没用手去抚摸过一下额上的木棒伤，也没曾用手绢擦一擦熬痛的眼角，他完全沉迷于寻思中了，但找不出一点头绪。眼前的各种东西对自己都变成刻毒的嘲讽，它们仿佛都有话对自己说，那荡着乱云的天空，飞尘中的绿树，丑恶的大建筑物，黑骨架的桥梁，甚至是一条游丝，一只蝇子，一片片被人踏践过的水果皮壳。

　　"你这条无用的弱种！该打的×国奴！……哈哈！……谁教你偏吃这碗饭？……"

　　耳朵内嗡嗡的全是这相仿的叫声，那明明是讥嘲，是侮辱，是再燃起他心头上的火焰。

"×国奴！……"他用劲咬了咬牙关，索性把制服由两个肩头上脱下来，露出如水浸的背心。

他毫不疑惑地断定自己，——断定自己被四周来的嗡嗡的嘲讽并不是过分！一刻钟以前的事，摆在眼前，如果还是……能替这么一个小职员作主，或是还为这一片土地作主，不应该在他的眼前变成那等的怪象。

不愿意回想，但那怪象清清楚楚地在他的身旁重演起来。

麻袋包，布包，绳子，铁片捆扎得十分在行，而且有的包件上明明是打了印子。——货物的出发地，什么洋行收件，……可是报关的单据没有，海关上的印记没有，只有宽体的××字在货件上作得意的微笑。……特别短小的西装，拖屐，宽袖的大衣，还有白手巾包头，或带大竹笠的人们，一群约摸有四五十个。他们的胸前裤带中凸凸的，不知另外藏了些什么。……拖！一阵风似的指挥着苦力要把货件从三等车中往下拖！苦力们为了每件的工资，本来是出卖劳力，要往前去，但到东站的木栏时，他们却迟疑起来。不是怕什么，因为那一群已经在东站的巡逻警士身旁，与站长室左右分布开警戒线，苦力们知道不会为替他们卸货被抓，但什么力量，使他们迟疑了？虽然来了这一批的好买卖，每人可多捞摸几个。

以后是咒骂，喧叫，夹杂着中国的下流话，似是恨着站上人员不给他们出力与苦力们不肯向前。

自己的头目与站长一例穿了制服，很有礼貌地挨到那一群中间，讲章程，索证据，并且头目还把官衔片与公事堂皇地给他们看。

又一阵叫嚷,并且有许多嗤嗤的笑声,接着蜂一般地拥到站长室的电话处,接线,叫人,并不理会那恭谨的礼貌与楷体字端端正正印的新官衔片。

自己,……一个渺小的新职员,随在里边,话不能讲,讲也无用。头目的金边眼镜片上被尘埃蒙罩得看不清,他取下来用花边手绢擦一擦,借以表示镇静。口里只是喊着:

"不成,不成!得讲规矩,这儿是新设的缉私处,不能放没报关的货物出站。……上税,上税!"

但是不要说给那一群人听,连沿站台上挺腰立正的路警们也动了嘴角,有的互相瞪眼,称量称量这位新官员话的分量有多重?他们也不止几十位,一色的武装,子弹袋、刺刀,肩上的步枪,那样也不少,可是他们只好安安静静站在一边,直瞅着这场怪剧的收场。

只自忙坏了站长与新头目,一会吩咐手下的小职员与站役,一会用低语商量什么,但没人理会。于是头目的眼镜取下来擦一次,他的白皙的上额有冒着热气的汗珠。

站长的肥重的身体走不快,把金箍的平顶帽拿在手里,权当作蒲扇。

"什么!大大的不讲理!××又有关?……关的没有?从天津来过关,……不放走,……哼!……等等看,什么的!……私处,……什么?"

生硬的中国话在人丛中喊起来,他们的一群中立时起了呼应,吵成一片。

苦力们也是一群,如鬼影似的挤在木棚一旁,站长与工役向他们摇手。

警士们每隔五六步沿站台与站口分布开岗位。

中间,在停下的货车旁。那衣服不同的一群叫骂,吵闹,有的便在站长室里咆哮。

自己与几个同事东看看,西看看,如热锅上的蚂蚁,简直不知道怎么样才好。偶然触目到衣襟上的符号,一阵热从脚底下往上腾。

后来,有四五个黄呢军服带了红箍帽的××领署的警察来了,神气十足。站长与自己的头目都象盼到了救星,拖着疲乏的脚步凑到人家面前,照例先由头目述说了一套章程。为的缉私的责任,他不能放这些没曾报关的货物运出站去。末后,他又恭维了几句什么。

"贵国也有税关,也不准国外的货物走私,漏税。这是每个文明国家的通例呀!"

头目在新官场中也颇有资格了,话说得圆款,虽然在急遽中他还想利用自己的外交手段消解这逆来的困难。但是来的黄衣人中间有一位高个,留了威廉须,他向头目的合体西装狠狠地看一下,似乎不愿听这些罗唣话,摇摇头。

"这……这……是有公事的,因为私货太多,政府在这里新设的缉私处!"

他觉得非捧出能替自己保镖的文件来不可了,他早计划得周密,从上衣的内袋里把那新印着鲜明朱色篆字关防的纸套递过去。威廉须的高个子接过来微笑了,对他的同伴们咕噜了两句。

从套内抽出一迭印就的纸单，他正在望下看。

旁边的那一群强人又闹起来，有的跺脚，有的指着站长与新头目大声狂叫。这高个子迅速地把纸单揭了两揭，顺手向站长室中的地板上丢下去，毫不在意地，对恭立在身前的两位中国的负责者斜了一眼。

"哼！——规矩？我们不懂！××地方向来不设海关，缉私名目倒不错，……货物由天津来，……你们的火车运来，……那里怎么能来？……不放走，上税？中国人要钱的大大的有！……"

接着他的同伴对那一群也高声说了几句，同时随了威廉须的高个子退到站台的出口。

他们手握着短刀的把子，有的还摩抚着腰中的手枪皮匣。

大叫着。那一队强人强拉了十几个苦力拥到车辆前，用中国话迫着他们向下卸货，只听见"脚力，……钱，有，……多给。……"

苦力们不下手，他们有木棒，耳刮子，皮鞋尖在后面督队。

于是纷乱的局面开始了。

护路警与站上的员工互相望着，不得上官的命令那能乱动，仔细被人打破了头或者还得撤差？那站长白胖的圆脸一阵红上来，气，急促地喘着，立不住，扶着木栅栏直是摇手。

新头目知道这事件立刻要攻倒自己地位与威权的，他搓搓手，顾不得从地板上捡起公文，便勇猛地跳出来到那一群的中间，自然，他的几个小职员也不得不随他上前。

劝，当然没人听，一共几只手拦不住他们的横冲，直撞。

纷乱中，吵叫，怒骂，手脚的挥动，新头目已被人用力推倒铁轨上，沾了一身泥土。而几个小职员也败下阵来！差不多人人有一份记念的伤痕。

不到二十分钟，那两个车装的几十件大包货物全搬出了站门，预备好的运货汽车装载了去。马路上塞住了注目的群众，维持治安的黄衣警只忙着用藤条向阻碍大道的行人身上抽。

站门口，石阶下，两列护路警，还有臂上缠着红布条黑字的几个特务兵，照例每有下车的客人，查私货是他们的专职。

但这一批的大包件在一队强人的簇拥中，打开木栅栏的偏门，从护路警与兵士们身旁运走。

除却强人们高叫着泄泄余威，谁都呆立一旁，装做沉默。实在，他们的心头上都燃烧着激怒的火焰，就是被迫着替强人们装卸货物的苦力，虽然末后收到几十个铜板，也知道每个铜板上打着耻辱的印记。

这方演过的一场怪剧是那末详细地在朦胧的眼前重演一遍。他记得自己被压在几个强人的身下，肋骨像打断似的，好容易从皮鞋底下挣扎出来，想随了同伴们退出重围。没走及迎头飞来一木棒，幸而没打中正面。但那时自己也不顾生命了，一股硬力迫着，闪过去拖住那执木棒的一只手，向人丛中奋力摔。接着便跳过铁轨，往大桥下躲去，好在那一群已经得了胜利，先忙着卸货，没有追来。

斜路口上。一只瘦弱的黄牛拖着一辆笨木车，缓缓，无力地走来，车上是用苇箔遮住的干粪便的肥料，车夫老了，鼻涕在花白胡子上滴答着,两个闲逛的破帆布鞋,灰褂子的军人,唱着:"姐儿呀,姐儿呀,"的山歌,由身后的小树丛中转过去。还有挽了小黄抓髻乡间来的逃荒女孩子,提着柳条筐到处想拾东西……。老车夫、军人、女孩子,从他身旁经过都向他望望,仿佛他在这大道上已经插了草标出卖着他的身体与灵魂,惹得人人对他行一个注目礼。

他索性把制服完全脱下来搭在臂上,他不怕路人的注视高傲地向大道的一端走去。他不知要走往那里去,只是觉得眼前有若干火星直跳!

柔和的风

冬天早过了，春天也快要逝去。朋友，你觉得这地方上有一丝丝的柔和的风吗？

没有震雷；没有霜雹；也没有暴雨，空间正如空间的天气一样，郁闷、焦烦，就是一丝丝的凉风也没从江潮上掠过来。

但四围的烈风，雷，雨，却正冲打着岛上流人的心潮。

虽然暂时在人间似不再需求"柔和的风"，拂面，醉心，好继续意想中的春梦。但，盼望烈风、雷、雨投来一片光华的闪电，映着土陇、郊原、篱落、水湾、茅屋——各个地方的苦难者的灵魂，引导他们往胜利的天国。

到那边才真有"柔和的风"在血华的面容上吹拂着。

玫瑰色中的黎明

深夜的暴风雨,正可锻炼你的胆力,警觉你的酣眠。金铁皆鸣,狂涛震撼,你不必为不得恬适的稳梦耽忧,也不必作徒然的恐怖。

暴风雨过后方有令人欢喜的晴明,——有温抚慰悦你的和风朗日。

灯光昏黯中,正视你自己的身影,努力你的灵魂的遨翔,坚定你的清澈的信念!

这样,你更感到暴风雨的雄壮节奏的启示。

你所等待黎明前的玫瑰色已经从风片雨丝中透过来了。

理智与暗影

"除却聪明人的快乐，别没有极真实与极纯洁的快乐；那所谓快乐只是暗影而已。"柏拉图在《共和国》的名著中写下这样深意的句子。快乐要消灭痛苦；要建立心灵的最高的安慰，要有纯粹的智慧的解脱，这才能止于至善。使人在宇宙间有愉快即是超绝之感。但要达到此种境界，非发展理智生活不成。理智生活是上至善的阶梯，步步登高，步步都是将身体与精神作快意地升腾。可以娱慰心灵；可以扩展视野，可以把卑鄙私欲的感官与智慧调和。灵与肉不但不冲突，且凝合无间，以达到人生的高峰。

只有低等的感官生活不过是"物于物"，心灵永随客观的事物辗转，单凭小我的利害作去取。甚至"屈意徇物"，泯没了公道的认识。于是此世界完全为私欲充满，说到最好，快乐左不过是一时满足肉体激刺的报偿，意志偏成为专利己者的武器，经验变做巧取豪夺者的方案。

感情是人生的连锁，谁也不能逃避它的管束与激动。但是是非非，交互错综，如没有理智的铁梭，这把乱丝怎会织成光华灿烂，经纬细密的美锦？喜、怒、哀、恶等笼统的字面，太具体了，什么是他们的分析力？远近、亲疏、利害，私念与公利，永久与暂时，要凭什么来澄清情波推荡的颜色？颠倒众生，有多少人背弃公道，沉落在苦痛的深渊，凭一时客气的感情（如果尚有所谓感情的话，）鲁莽、冲决，造成世界无许的悲剧。他们取不到理智的镜子，甘心在卑劣的快乐里作私欲的恶梦，当然，到究竟时，是一场悔恨无益的空虚！

愈当世变纷扰人生苦难的时代，虽有不少愚昧狂妄的人恃其权威驱迫良善，想泪没公道，永绝是非，以便其私，以逞其无限止的野心。这自然要搅起人生血战的风波，演成惨劫。但人类的理智却因外受横逆的摧残，内动良知的鞭策，比平常时更能迅速生长，发展，而处处显示它的力量。

无理智的感情，纵有，不过是片刻的昙花；有理智的真感才是人生的维系。只凭有形的力想打碎由理智凝成的真感，想用器械便可塑造公道，如果能行通的话，这世界早已不是现在的样子了。

但愚昧者千古一辙，不陷入绝途不止，——坠入底层的地狱，这真是无可奈何的事！

所谓快乐只是暗影，何况这些愚昧者连非真实的快乐的希求也说不上，只是原始时遗留下的狂性趁时发作罢了。

暗影终会葬埋了他们，……这并非是姑作快意的诅咒。

面具与良心

造成现代人类各种悲剧的原因虽多,而最有邪恶力量的却是制造划一面具者的狠心辣手!物之不齐自有其情,本来质素与客观的感受,原是千差万别,面貌尚不一致,何况心思。求其大同,略其小异,对政治,宗教,与对一切文化,至少总有这点宽宏态度,人生方不至如从一个铁热的模型里印出。过度的个人主义,究其极,放恣任意,或至于有我在而无你在。但必要把一个社群捏塑成某种定型,不但要强立行为的标准,(行为标准自是人群中不可或缺的)而且把你的影子也要践在脚下;不但约束住你的身体,就是你的心灵也要用重重的绳索缚住。找不出更适当的形容词,只可名之曰:

"制造划一的面具者。"

其流弊所至,正同极端的个人主义者有我而无你在,——且是无群众在,只有面具制造者在。当然不管迫你戴了面具后是否耳聋目盲,是否气咽心战。他们原为的如此,手段既施,便可使你们赴汤蹈火,教你们横冲直撞,做马蹄尘也好,做脚下泥也好,他们来不及顾什么道义,惟求实现其荒唐梦,实行其个人主义的横暴。这里，首先要蒙住你们的良心，你们才真变成机械。行止、快慢，机括拿在主人的手中，他们方心慰意舒，觉得达到制造划一面具的目的。

"人心终是肉长的"，这句古老俗谚，不但含有深意，且也含有至理。面具的强迫戴上，到时终难停止了良心的跃动；威迫的，强捏塑的，想把群众造成有血有肉的机械，违其本能，制其思想，那如何能把得住拿得稳？

不必说什么觉悟，只进一步问：所为何来？已使戴面具者透过一口凉气，何况痛苦、疲劳，心理上的落寞、惶恐；意气上的消沉、散漫，良心搏动，面具早晚要从脸上脱落下来的！

制造者的狠心辣手到头是一场空花。

欲求划一的表现与行动，即有正当根据，有良善的目的，——无论是政治与学术，已使人有狭隘拘执之感，何况是大违人情，背弃正义，要逼迫着群众戴上一样的鬼脸，向地狱跳入。他们想捏塑成魔鬼的模型，先试探着烧毁群众的良心。

要消灭这样人类悲剧的主要原因，除却"以义止暴"外，还得把那些烧焦良心的毒焰浇息。

祈祷与力量

善颂善祷不是要不得的事，但毫无力之表现，只余下颂祷的义务，这义务仍旧白白地填入侵掠者的饿肠。

正如兵临城下讲诵"四书"，理智的空华终于卑怯地萎落，——那是多愚笨多迂阔的可怜相。

自然，用力量与智慧的凝合作争斗时，颂祷也是希望的源泉。

英国古代拜诺长老的故事，是很好的鉴戒。

当第六世纪末与第七世纪初年，英吉利人与威尔斯人曾因占据土地有一场道耳哈姆的战事，当时一段传说，证明威尔斯人对自己土地的保持力渐见动摇。那时有位僧侣的头目——长老，叫做拜诺（Beino），某一天他带领一群弟子，旅行到塞阿轮河左近。他从河那面听见一种声音，促迫着些野狗去猎一只野兔。这声音像是一个撒克逊人发出的。他喊得十分粗暴，"向前冲"，用这样语音促迫群狗，拜诺长老听见这撒克逊人的呼声，他立时转回来对他的徒弟们说："我的孩子们把你们的衣服鞋子舍掉了，让我们离开这个地方，因为这地方的民族有一种奇怪的言语，——而且是讨厌的言语，我已经听见他的呼声由河那面促迫着野兔后的群狗。他们已侵入这个地方，这儿要属他们了，他们要保得住他们的占有。"于是拜诺向徒弟中一个名叫毕采林特的说："我的孩子,要听我的吩咐,我盼望你留在这儿,我一定为你祈祷。"拜诺长老命定了这位弟子,独留在那边,他领着一群弟子尽力远走,到了麦旺。泰赛娄住在此处,过了四十昼夜。从这里他又到赛南王的居处,拜诺要求一块地方为他的灵魂与他的朋友的灵魂作祈祷。赛南王遂把维德渥璐姆地方送给他。

拜诺长老空有祈祷的善心,空留下一个必然做牺牲的弟子,舍了自己的土地,流亡他部,还要求一片小小地处作祈祷。还不是蹈入虚空而又是卑怯地逃避现实的好教训?

盎格鲁撒克逊人的古代传说如此,偶然谈起,便可证明善颂善祷,无论如何,只是弱者的无可奈何的表示。他厌恶、恐怖,又不能消没了心灵上的责任;其结果委责于一个弟子,自己仍然逃入祈求的幻念中去。这虚怯的矛盾却动摇过威尔斯人的信念。

所以,要将勇力与善念练成一条坚韧的铁鞭,无论执在一个壮士或是一个智慧者的手里,俱要迎上去,"向前冲"。

所以,我们不轻视善颂善祷的心意,我们却更要尊重气力,作正义的先驱。

去来今

"春山烟淡藤花落,好鸟时啼三两声。"

在往海边友人家的道中忽然记起了八年前的旧诗句。那时我也走过这里,一样的残春却是清晨。碧桃落尽,柳枝的影子反映水面已显出丰润的柔姿,风从山道上飐过来,挟着不惹人厌恶的海腥味,湿气颇重,朝霭若断若连,——在山头,在密林的空隙,在草地上。刚刚是宿雨初晴,不像莺也不是拙笨的云雀,偶然送过几阵宛转清脆的啼音;淡笼的烟痕像被鸟语震得微动的丝网,荡一下,——那样轻,那样快,几乎非视力所能辨别,也许我的"心眼"在不可捉摸的影像上作幻觉的活动?(是心动,是物动,正不易说清,横竖是没有证据的事。)弱光的金线从东南方射出,与高,下,横断的淡青色的"丝网"缠在一起,光与色的融合无从辨别,却像有神奇的爱力粘合在一起。四围,林擒树的大圆叶子,层叠如波浪的马尾松,玲珑楼房窗前的盆花,绿漪上飘浮的碎萍,它们都微笑着。他们受着薄霭的温浴,他们迎恋着朝旭的华光;他们愉快地为青春生命开始活动,显出自然满足的骄傲。一切都有生力的跃动与活气的蓬勃。

然而我那两句偶成的旧体诗还不一样堕入旧人的圈套,有什么表出呢,对自己那一瞬间的感受与对客观世界心理的解剖?

诗句,只能刻划已属下乘,何况连刻划都偏而不全,如是拙笨!

自然看风景的一点,割人生的一段,望四面明镜的一角,便能有一点微小的享受,有一份独自会心的兴感,否则如何解释"相看两不厌,独有敬亭山"的诗意?

感受,在事物时间的当前引起心情的抖动,不算生活的奢靡,也不算精神上的浪费。不见?小姑娘在高坡上撷得一枝山花便欣然地忘了疲苦,汗流浃背的劳人有时还得哼几句不成腔调的皮簧——他们绝不会因一枝山花,几句剧词,便容易忘怀了世间的痛苦,得到这一瞬间的享受也麻醉不了他们的灵魂,除非环境能给他们安排下只有快乐,没有悲苦激刺的人生。"夫有诅,有诅,有喜,有怒,然后有间而可入。"悲欢忧喜的交织,正是人间竞争奋进的机键,盈于此则缺于彼;有的承受便有的进展。是人生谁也逃不出自然的圈套,当然,其间有高下,好,坏的分别相。

说过去的一切不值得追忆与怀想,像是勇者?当前!当前!再来一个当前!"逝者如斯",在当前的催逼急迫之下你还有余暇,还有丢不掉的闲情向过去凝思?这是懦弱心理的表现。为未来,我们都为未来努力,冲上前去!(或者换四个更动人的字是"迎头赶上")向回头看,对已往的足迹还在联想上留一点点迟回的念头,那,你便是勇气不够,"是落伍者。……对于这样"气盛言宜"的责备与鼓励,分辨不得,解说不了,除却低首无语外能有什么答复?不过,"逝者如斯",因有已逝的

"过去",才分外对正在逝的"现在"加意珍惜,加意整顿全神对它生发出甚深的感动;同时也加意倾向于不免终为逝者的"未来"。这正是一条韧力的链环,无此环彼环何能套定,只有一个环根本上成不了有力的链子。打断"过去",说现在只是现在,那末,这两个字便有疑义,对未来的信念亦易动摇。我们不能轻视了名词;有此名词它必有所附丽,无其事,无其意义,完全泯没了痕迹,以为一切都象美猴王从石头缝里进出来的,那么迅速,神奇,不可思议,以为我们凭空能创造出世间的奇迹?现在,现在,以为惟此二字是推动文化的法宝,这未免看得太容易了!

据说生活力基于从理化学原则的原子运动,而为运动主因的则在原子中"牵引""反拨"两种力量的起伏。一方显露出成为现势力,一方隐藏着成为潜势力,而势力的总量始终不变。两者共同存在,共同作力之运动,方能形成生活现象。时间,在一切生活现象中谁能否认它那伟大的力量。"一弹指顷去来今",先有所承,后有所启,不必讲什么演化的史迹,人类的精神作用,如果抹去了时间,那有作用的领域便有限得很;人类的思与感如果没有相当的刺激与反应,思与感是否还能存在?有欲望,兴趣的探索,推动,方能有努力的获得。他的"嗜好的灵魂"绝不是无因而至,要把这些欲望,兴趣,引动起来,向"现在"深深投入,把握得住,对"未来"映现出一条光亮道路。我们无论怎样武断,那能把隐藏的潜势力看做无足轻重?亚里士多德主张"宇宙的历程是一种实现的历程,Process of Realization"历程须有所经,讲实现岂能蔑视了已成"过去"的却仍在隐藏着的潜力。不过,这并非只主张保守一切与完全作骸骨迷恋的,——只知过去不问现在者所可借口。

在明丽的光景中,"过去"曾给我的是一片生机,是欣欣向荣,奋发活动的兴趣。那刚从碧海里出浴的阳光;那四周都像忻忻微笑的面容;那在氛围中遏抑不住,掩藏不了的青春生活力的迸跃,过去么?年光不能倒流,无尽的时间中几个年头又是若何的迅速,短促!但轻烟柳影,啼鸟,绿林,海潮的壮歌,苍天的明洁,自然界与生物的粘着,密接,酝酿,融和,过去么?触于目,动于心,激奋在"嗜好的灵魂"中……一样把生力的跃动包住我的全身,挑起我的应感。

虽然,世局的变迁,人间的纠纷,几个年头要拢总来作一个总和,难道连一点"感慨山河艰难戎马"的真感都没有,只会发幻念里呆子的"妄想"?是的,朋友!只要我们不缺少生力的活跃,不处处时时只作徒然的"溅泪惊心"的空梦,在悲苦失望间把生力渐渐销沉,渐渐淡化了去,——只凭焦灼,悲愁,未必便能增加多少向前冲去的力量罢?——对"过去"的印证还存有信心;"现在"的感受更提高了气力,"将来",我们应分毫不迟疑,毫不犹豫地相信抓在我们的手中!何以故!因为还有我们生命力的存在;何以故?因为不曾丧失了我们的潜力,何以故?我们不消极地只是悲苦凄叹把日子空空度去!

在行道时,一样的残春风物却一样把过去的生命力在我的思念与感受中重交与我,他们正像是Raised new mountains and spread delicious valleys for me（G.Eliot的话）虽然说是"新的"，因为"过去"的印证却分外增强了我的认识与奋发。朋友，我希望不要用生活的奢靡与精神上的浪费两句话来责备我。

我永远相信"去，来，今"三者是人间世一串有力的链环。

一九三七年四月

唐达拉司的故事

> 略取希腊神话之一点写此篇，但仅仅有一点，其他在作者寓言的形式中，自是随笔抒写不受限制。阅诸册毋以为我是作神话演义也。

唐达拉司（Tantalus）忽有一日落到海水中去。空间一片阴晦，似重重叠叠横铺了多少层的灰毡，把向来自以为值得骄傲的太阳——他的炫弄的热光遮去，一线光辉都没有。唐达拉司想：这是自己的不幸罢？太阳也与自己有相同的命运。

想到太阳，在抖颤中他对于自己是大神之子的身份有些奇异！他曾在天上亲眼看见父亲宙斯的施行威权，风云，水，火，以及人间的祸福，命运全在父亲的掌握中，要怎么办便怎么办。正在斡旋造化，主宰万有，连太阳的发光也须听父亲的命令。

但为什么现在自己竟落到这样地步呢？原是大神的儿子，却浮沉于无边的波涛里，凭肉体的挣扎，精力的跃动与命运交战。

他自有神裔的毅力，绝不因一时的困苦会失去自信的念头。不过他奇怪的是，什么原因使自己落到这样地步？他不明了，又无处询问。

风雨吹荡着波涛，黑暗从四面上拥。有时看见几叠山峰，即

时被浪花吞下，有时潮流冲过，闪出多少巨大生物的遗骸在水底流动。仿佛上空有一阵安人魂魄的仙乐，再听去，只有澎湃的水声，此外完全沉寂。三点，两点，金光在地平线的远处，若作导引，但不知那金光聚在何处。

唐达拉司已从神界堕下来，且是在急流里播荡着，他也感到饮食的需要。下颔下面全是水，他想喝几口水张口即是。但当他要喝时，那些银光潋滟的圆波却故意与自己开玩笑，唇舌未到，水痕离开多远；嘴闭上水又合拢来。他现在是堕入恶运了，神力不能施行。他向空吸一口气，觉得空气是不曾试过的沉重，像要把自己的肺腑压破。他愕然了！明白这是有原故的。正在寻思，忽然望见水岸上有些果树，柔枝低拂，恰在自己的头上，那红润的色彩，圆垂的形态，引起他的食欲。赶快冲上去，以为伸手摘下，吃喝俱有着落。又怪了！指尖没得触着，果树完全隐没。一片土地，一片急流，黯淡的天空，凄冷的气候，在这里有什么可以充塞饥肠？

果子吃不到，一口清水也喝不下，到现在，沉思的唐达拉司渐渐由绝望中愤怒起来！本是大神之子，自己不知因何缘故堕入这急流之中，与恶运交战。起初倒不在意，然而风寒颤栗间，想做一个寻常的落难人，可是连一口水，一只果子都吃不下，这不是偶然，而是身后的作法者故意使自己受尽苦难。

为什么呢？他不承认这是应得的责罚，就是因为漏泄一点点的神界的秘密，算不了大事，没有别的神从中播弄是非，不会使自己这样。谁呢？这诡计的主使者与自己有何仇怨？他分水前进，沉入深思。他索性提起精神，再不作饮食的尝试。对四围的银沫与时隐时现的果树冷冷地笑着。

忽然，阴空中，那太阳的微光时时对他睒弄眼睛，趁着风云振荡，它似在骄傲地睨视。不过，因为它的光亮也同时被阴雾遮蔽了，只好瞅空露一下狡狯的恶态。唐达拉司猛然记起来了，——多少年来的冤愤重重，到现在找到着落。父亲向来是宇宙的主宰，由于力量，智慧，伟大，太阳早就在一旁眼热了。它虽然是上天的大行星，也有它的光热的本体，它很可以与各行星一样巩固它的地位，不过它有偏狭，忌妒，与无限度的野心。它不但想消灭了诸神与占有各个星球，它更想篡夺父亲宙斯的威权与统治的地位。在天上，神人的测度，这样传言已经过多少年了。风，雷，命运，恋爱，五谷，各神都已有了准备，防御着太阳的狡计。它以为凭它那点光，那点热力，便容易制伏一切。但各神的力量，权威，究竟不是太阳可以打如意算盘的。它后来却立定主意，首先要把宙斯的地位夺过来，便可号令一切，有所凭藉了。但它又想，又怀疑，怕真的比起神力来会自落下风，便先用离间计策，想把宙斯的亲属分离，堕落，打断了这大神的膀臂，然后再来动武。播弄是非，与施行计谋，原是它的惯习，因此才有唐达拉司堕到水中去的故事。

唐达拉司本来直率、坦白、没想到太阳会对天上的朋友下此毒手。因为它太性急了，暂时的得意偏要作弄眉眼，唐达拉司完全觉悟过来。他倒定住心，对阴雾充塞的太空长长地吐口气。他想："我为父亲，忍受谴责，不能反抗，虽有神力不好自施。如今诡计已露，为我自己的冤恨；我父亲的地位，权威；为诸神间未来的和平，秩序，我须做一个开辟迷路的先锋了。……迟疑下

去，它会早下毒手，天界的和平会被它烧个净尽，那是何等重大的事！

他决定离此苦难的境地，不再甘心受太阳的播弄，与父亲现在的孤寂。于是他纵身跃出，冲破雾霾，向上升去。原来包围他的水沫，引诱他的幻像的果树，都没了踪影。冷风狂吹，波涛汹涌，唐达拉司醒悟后的激怒立时恢复了原有的神力，将周围的魔法一概打退。

太阳自然晓得。原想用不费气力的离间计，这一来，它知道不但宙斯与唐达拉司和好无间；更有力地团结起来，对它抵御，就是诸神鉴于本身的未来利害，也一定不与它合作的。

它偏是忌妒，而事情偏出乎它的预期。它再不能等待了，无明的孽火与要占据一切的欲望似有把它的本体烧成灰岩的可能。于是，当唐达拉司升空归去与宙斯见面后不久，在天界中便发生了一场希有的大战。

据后来的诗人用长诗记述这场战争是：太阳遇不住偏狭忌妒的欲火，与占有宙斯地位的野心，又恨恶唐达拉司的醒悟，便用尽力量侵入天国，想用一把无名怒火就会把天国烧掉。

但是大战的结果呢，太阳在最后自然败了。虽还是它的光与热，可把它的权威平空分了一半与月亮及诸星，它不能再管理四季的夜了（最古的传说夜也属太阳的管领）。而且在诸天之中有一时期把它的本体分成九个。……那战事未完之前，太阳本体上有多少积怨的火山全爆发了，因为那些火山既受不住狂热的压迫，又对唐达拉司素表同情，所以太阳虽没灭亡，却因为好战改变了它的生命。

芦沟晓月

"苍凉自是长安日,呜咽原非陇头水。"

这是清代诗人咏芦沟桥的佳句,也许,长安日与陇头水六字有过分的古典气息,读去有点碍口?但,如果你们明了这六个字的来源,用联想与想象的力量凑合起,提示起这地方的环境、风物,以及历代的变化,你自然感到像这样"古典"的应用确能增加芦沟桥的伟大与美丽。

打开一本详明的地图,从现在的河北省、清代的京兆区域里你可找得那条历史上著名的桑乾河。在往古的战史上,在多少吊古伤今的诗人的笔下,桑干河三字并不生疏。但,说到治水,隰水,灅水这三个专名似乎就不是一般人所知了。还有,凡到过北平的人,谁不记得北平城外的永定河;——即不记得永定河,而外城的正南门,永定门,大概可说是"无人不晓"罢。我虽不来与大家谈考证,讲水经,因为要叙叙芦沟桥,却不能不谈到桥下的水流。

治水,隰水,灅水,以及俗名的永定河,其实都是那一道河流,——桑干。

还有,河名不甚生疏,而在普通地理书上不大注意的是另外一道大流,——浑河。浑河源出浑源,距离著名的恒山不远,水色浑浊，所以又有小黄河之称。在山西境内已经混入桑干河，经怀仁，大同，委弯曲折，至河北的怀来县。向东南流入长城，在昌平县境的大山中如黄龙似地转入宛平县境，二百多里，才到这条巨大雄壮的古桥下。

原非陇头水，是不错的，这桥下的汤汤流水，原是桑乾与浑河的合流；也就是所谓治水，㶟水，灅水，永定河与浑河，小黄河，黑水河（浑河的俗名）的合流。

桥工的建造既不在北宋的时代，也不开始于蒙古人的占据北平。金人与南宋南北相争时，于大定二十九年六月方将这河上的木桥换了，用石料造成。这是见之于金代的诏书，据说："明昌二年三月桥成，勅命名广利，并建东西廊以便旅客。"

马哥孛罗来游中国，服官于元代的初年时，他已看见这雄伟的工程，曾在他的游记里赞美过。

经过元明两代都有重修，但以正统九年的加工比较伟大，桥上的石栏，石狮，大约都是这一次重修的成绩。清代对此桥的大工役也有数次，乾隆十七年与五十年两次的动工，确为此桥增色不少。

"东西长六十六丈，南北宽二丈四尺，两栏宽二尺四寸，石栏一百四十，桥孔十有一，第六孔适当河之中流。"

按清乾隆五十年重修的统计，对此桥的长短大小有此说明，使人（没有到过的）可以想象它的雄壮。

从前以北平左近的县分属顺天府，也就是所谓京兆区。经过名人题咏的，京兆区内有八种胜景：例如西山霁雪，居庸叠翠，玉泉垂虹等，都是很幽美的山川风物。芦沟不过有一道大桥，却居然也与西山居庸关一样刊入八景之一，便是极富诗意的"芦沟晓月。"本来，"杨柳岸晓风残月"是最易引动从前旅人的感喟与欣赏的凌晨早发的光景；何况在远来的巨流上有这一道雄伟壮丽的石桥；又是出入京都的孔道，多少官吏，士人，商贾，农，工，为了事业，为了生活，为了游览，他们不能不到这名利所萃的京城，也不能不在夕阳返照，或东方未明时打从这古代的桥上经过。你想：在交通工具还没有如今迅速便利的时候，车马，担签，来往奔驰，再加上每个行人谁没有忧、喜、欣、戚的真感横在心头，谁不为"生之活动"在精神上负一份重担？盛景当前，把一片壮美的感觉移入渗化于自己的忧喜欣戚之中，无论他是有怎样的观照，由于时间与空间的变化错综，面对着这个具有崇高美的压迫力的建筑物，行人如非白痴，自然以其鉴赏力的差别，与环境的相异，生发出种种的触感。于是留在他们的中心，或留在藉文字绘画表达出的作品中，对于芦沟桥三字真有很多的酬报。

不过，单以"晓月"形容芦沟桥之美，据传说是另有原因：每当旧历的月尽头（晦日），天快晓时，下弦的钩月在别处还看不分明，如有人到此桥上，他偏先得清光。这俗传的道理是否可靠，不能不令人疑惑。其实，芦沟桥也不过高起一些，难道同一时间在西山山顶，或北平城内的白塔（北海山上）上，看那晦晓的月亮，会比芦沟桥上不如？不过，话还是不这么拘板说为妙，用"晓月"陪衬芦沟桥的实是一位善于想象而又身经的艺术家的妙语，本来不预备后人去作科学的测验。你想："一日之计在于晨"，何况是行人的早发。朝气清濛，烘托出那钩人思感的月亮——上浮青天，下嵌白石的巨桥。京城的雉堞若隐若现，西山的云翳似近似远，大野无边，黄流激奔，……这样光，这样

色彩，这样地点与建筑，不管是料峭的春晨，凄冷的秋晓，景物虽然随时有变，但若无雨雪的降临，每月末五更头的月亮，白石桥，大野，黄流，总可凑成一幅佳画，渲染飘浮于行旅者的心灵深处，发生出多少样反射的美感。

你说：偏以"晓月"陪衬这"碧草芦沟"，（清刘履芬的《鸥梦词》中有长亭怨一阕，起语是：叹销春间关轮铁，碧草芦沟，短长程接。）不是最相称的"妙境"么？

无论你是否身经其地，现在，你对于这名标历史的胜迹，大约不止于"发思古之幽情"罢？其实，即以思古而论也尽够你深思，永叹，有无穷的兴感！何况血痕染过那些石狮的鬈鬣，白骨在桥上的轮迹里腐化，漠漠风沙，呜咽河流，自然会造成一篇悲壮的史诗。就是万古长存的"晓月"也必定对你惨笑，对你冷觑，不是昔日的温柔，幽丽，只引动你的"清念"。

桥下的黄流，日夜呜咽，泛抱着青空的灏气，伴守着沉默的郊原。……

他们都等待着有明光大来与洪涛冲荡的一日，——那一日的清晓。

（上文为《少年读物》作。文中有二三处引用傅增湘先生的考证，并志于此。）

"幸福"的寻求

驶过原野，爬过山岭，渡过冰冷与含有硫磺气的河流，穿过阴暗的森林，幸福，自降生后它没有一天甚至一小时曾偷懒过，它永远在无穷尽无终结的道路上，（多艰苦辛劳的征途）去寻觅它的主人，——也就是它可以安身的地方。

不是耗废，却经过了无量数的时间，它还不曾觅到它的理想中主人的身影。

然而，它为痛苦，疲乏，与说不清的恐吓阻难追逐着，围绕着，阻碍与打击着。

它的新生的气力与活跃的希望渐渐举不起它的身体了！

它也开始"失望"觉得造物的大神当初付予它的使命像是宇宙间最大的骗局。奔走，寻求，永远会无结果？这样伟大严重的使命也永远无法交代。

不仅"失望"，它对造物的大神难免有不平的怨恨了！

一天，它彳亍着走到一片有黄的白的花草的田间，阳光温煦，笼罩着无边的春气，一切仿佛都在安闲与沉静之中，幸福不自觉地止住了脚步，它想：

"也许我的使命要在这地方完成了罢？"

果然，一位须发斑白的老人拄了木杖，从田陇上走来。他的

双目已失了青春的光泽,他的神态是十分疲懒,无力,他低头看着土地,不向长空注意。到幸福的面前,他发出哑嗄的低声。

"使者,你应分如我一样的疲乏了罢?你这么匆忙地奔跑,会连你自己也要丢掉,永找不到你的主人。来,我告诉你,你的伟大使命的谜底。

和平,静止,依我做榜样,以闲静的梦想作隐蔽,不再向前,也不抬头望空中寻求什么梦境,这其间便有你的主人的身影。"

幸福听过,觉得茫然。"真理"在这白了头发俯看土地的老人口中,是否改变过原来的面目?

迟疑中老人去了,每一步,木杖深深插入土壤时,也引带出他的咳声。

于是这仿佛在安闲与沉静中的春之田野从四面激发出咳声的回音。

幸福不能再呆下去,它又开始了它的征途。

另一天,幸福在峭立的山峰上遇见了一位铁青面色,全身铁甲的武士,他是强壮,威严,横肆与不可干犯的化身,叉手望着周围的峰峦,等待着将来的风暴。并且,他大声唱出使人震惊的歌声。

他对忧虑的幸福用冷暴的目光轻视着。

"你将何往?世间唯有犹豫的傻人方是你的伴侣,也唯有不中用,无气力,无铁的意志的哲学是你的圣书。……这样,再一世代,你也走不完你的路程,其实是永不会走完的!"

"随我来。你看,分明是我的铁脚践踏过的地方便生出幸福的婴孩,你的永生的化身。因为我能将气力,生命送与他们。……因此,你,傻人,不必虚耗时间,把你的使命献到我的胸前,你可以永远地休息了。"

幸福这一次是悚然了,它不敢与这武士接谈,悄悄地转回去。

四山即时和唱着雄壮的高歌,像对它发出嘲笑的送行话。

幸福再不能在尘世停留下去,种种遭遇不只疲惫了它的身体,而且它的精神也快要消散净尽。

它只好回到造物的大神那里去。

它把老人与武士的告语全告诉给大神,请求给它一个明白的判断。

大神初时沉默着,后来冷冷地笑了。

"这不是你不忠于你的使命,因为他们都要强充幸福的主人,所以你不做诱惑的囚徒,便成了被践踏的生命!"

"梦是幸福的主人,力也是幸福的主人,但也都不是的!照你这样的寻觅,你的完成终无一日在人间出现,这不是你太不聪明了?"

幸福受了谴责,禁不住自感凄凉,它恳求地请问:

"你的全能,请把我不懂得的聪明的指示给我!"

大神微笑了。

"不命你去寻求,你永不会知道人间对待幸福的面貌,以及他们自私的专擅的恶毒的心,你现在拿到经验的明镜,你自然能在觉悟中完成你的使命。……"

"在那里呢?"幸福似有点明白。

"在你的经验中,在你的不自私的寻求中。勤敏,公平,永远奔驰着你的长路,此外,你还向那方去依附你的主人呢?……梦与力的中间!你用正直的穿线成坚韧的一环,希望与实行的调谐,用这线束制着,比量着,引长到无限的时与空,那'完成'全在你自己的手中。"

于是幸福展开它的笑颜,他再没有惶恐与忧虑了。

酒与水

"无人生而为饮水者，"因为惟酒有热力，有激动的资料，"水"，对于疲倦衰弱者更不相宜。

人生难道为喝白水而来吗？那样清，那样淡，味道醇化了，几乎使饮者麻木了触觉与味觉。

乏味而可厌的水却被神创造出来，强迫人喝下去；除此外，人间还有更大的不平事吗？

"将渴死，守着白水，明知是可以解救一时的危急，而想吃酒的热情不能自制。纵然救了渴死，而灵魂中的窒闷怎样才能消除。""酒"，它能惹起你的兴奋，冰解了你的苦闷，漠视了痛苦，增加你向前去，向上去，向未来去的快步。总之，它是味，是力，是热情，是康健的保证者！

除却神经已经硬化了的人，那个不存着这样似奇异而是人类本能的欲念？

但是颠狂呢，沉迷呢？

如果对"酒"先存了如此忧恐，不是人生的"白水"早已预备到他的唇吻旁边？

他对着"水"显见得十分踌躇，智慧在一边念念有词，而热情却满泛着青春的血色，也在一边对他注视。

究竟在"水"与"酒"之间，将何所取？

他的手抖颤着。

迟疑与希求的冲突，他的手向左，向右，都无勇决的力量伸出来，而智慧与热情都等待着：一在嘲笑，一在愤怒。

而且渴念焚烧着他的中心。

惟淡能永，惟无色，无味，能清涤肠胃。人生的日常饮料，如智慧然，此外你将何求？

无力怎能创造，无热怎能发动，无激动亦无健康，此外，即有智慧，不过是狡猾地寻求，而非勇健的担承！

两种声音，两种表现，两种的敌视与执着，对他攻击。

他的手更抖颤起来。

渴念从他的心底迸发出不能等待的喊呼，冲出了他的躯壳。于是这怯懦的人终被蹂躏结束了！

而两边嘲笑与愤怒的云翳，仍然互相争长，遮盖了他的尸身。"无人生而为饮水者！"长空中有响亮的声音。

"但'酒'是人生渴时的饮物吗？"另一种声音恳切地质问。

"能饮着智慧杯中调和的情感，那不是既可慰他的渴念，也可激动他的精神吗？"仿佛是一位公断官的判词。

但被渴死的他的躯壳却毫无回应。

愚与迟疑早把他的灵魂拖去了，那里只是一具待腐的躯壳而已！

一九三八年七月十日大热中

云破月来

春雨夜深时，几人在黯淡的灯光下漫谈。凄清的空阶雨滴间和着远街上的车铃声，幽静与匆忙的不调谐，正与各人的心境一样。

时代挑起心头上的热感，风雨叫醒了离人的苦梦。想吧：夜中，江头，湖畔，边塞的沙碛，群山中的谷涧。……想吧：死尸，血流，空中火弹的飞荡，地面上壮儿的怒吼。……

他们此地听着静夜中的雨声？

由凄然转到默然，正是万千思念横在心头，连接续着谈论的事件都找不出头绪。

回忆，期望，多少酸楚与等待着的慰安交互织成薄薄的血网，网住每一颗跳跃的心。

谁无痴愿？谁无乡愁？纵使白昼中如何忙劳，岂奈这半夜雨声滴滴点点冲上心来，即令散去，是有感者何能入梦！

过一会，他们走向廊檐，冷风掠过，像在额上黏着冰块。向上望，一片深黑，不知是云低还是夜暗，什么也看不见。

不想么？他们的心并不曾为听雨而平静，想的什么？自己也说不分明。

突然，一阵迅雷把春夜从暗渊中震醒，接着风雨大鸣，再不像先前慢条斯理地令人沉闷，如四弦上的将军令，如贝多芬交响乐的急奏。耀目的闪电涤净了夜空的阴霾。同时，大家也感到衷心的欢畅！他们不再沉思，也不再担忧，精神随着震雷闪电在空间跃动。

云破后，雷雨声息，皎洁的明月独立中天。

他们心上的血网都一丝丝地迎接着这微笑的清光，凝成了一片明镜。

不易安眠

冷雨连宵，你大约"不易安眠"？有时有几声巨响由空际传来，你，开窗四望，一片暗冥，凄冷的雨丝织成密网，网住了这黑夜的"囚城"。楼台，树木，车辆，你都看不分明，只是若干点想冲破昏雾的灯光，若远，若近，在飘动，在炫耀，在孤寂中作光明的散布！

春去了，就是苦涩的莺声也不到这"囚城"中叫唤，况是料峭风雨的中夜。

杜鹃的哀啼，夜莺的幽唱，这些鸟音虽会颤动过多少诗人，旅客，易感伤的青年，情思宛转的女孩子的心，使他们神迷，泪落，心情嵌在缠绵的幻影，时间付与冥想的哀，乐，甚则比以灵魂，听似仙乐。……但现在呢？即有他们的娇歌，哀唱，再不会引你遐想，惹你惆怅！……现实的重负，一支针一滴血地压上苦难者的肩头，火灼，水湮，每个人都分尝到。纵然，音乐般的，或高一步说是精神上的麻醉，可以销魂，可以忘我，可以排遗世虑，可以沉入玄想，但，这至少须有一份略从容的时间，略悠闲的情趣，略轻微的忧郁，方能对他们的娇歌，哀唱，发生飘飘然的清感？

现实呢！便是好作奇想，好动怅惘的古诗人，生活在"囚城"里,你准一千个不相信,什么杜鹃,夜莺,会触动他古怪的灵感,写得出一首像样的诗来。

凡是一个逃不出现实的苦难者,他情愿在暗夜披衣独起,他的心在热血交流中跃动,他的泪灼烫的堕入肚肠,他的想象是:草莽中,平原中,森林中,河岸港湾上的鲜血,是自由的洪流泛滥过激怒的田野,是暴风疾雨挟着战神的飞羽传遍各地。

原来,这样丑恶纷乱的城市再无须会娇歌会哀唱的小鸟作闲情的啭弄,何况是已变成一座"囚城",一个存储记忆的"狭的笼"!

春去了,正接着与炎威相争的夏日。谁还在梦幻间眷恋着杜鹃夜莺的娇啭,哀啼?有巨响急传,有骤雨惊飘,有到处散射的光明点。

你听,你看,你往远处往深处坚实地想,……你摸索着拿得住永向着青空向着光辉伸展的枝叶!

这昏暗的夜有破晓的时候?……

"不易安眠",你是否堕入自己的梦魇?

渐渐感着夜寒了

渐渐感着夜寒了，每天午后，淡淡的流云在萧瑟的上空荡来荡去，没有鲜耀的霞彩，也不是冰雪样的晶白，淡灰，薄暗，飘摇聚散，与草地上初堕的黄叶，——有一半还带着深绿色，似墨玉上的暗痕，恰好是上天下地中这已凉天气的伴侣。

这"死城"的色彩不全是黯然么？像患水肿卧毙的僵尸，浮胖，毫无血色的面目，还包上一层污浊的肌痕。将死前，肿胀患者额上的黏汗，暗黄里炼出油光。疮疤不平的，骨撑肤落的道路上面，爬行着恶绿酣红的各样介虫。此外呢，便是每个人的血色心在这"死城"的浮空，地底，抽咽，摇动！

这"死城"的色彩，有的渲染在梦的舞蹈中，也是一片惨然的模糊，而没有明亮的分界。

渐渐感着夜寒了！风卷走着半黄的叶子，追着每个人的脚踪；追着土流的气息，追着茫然失路的飞星，向前去，向前去，……疲劳而不止息。

渐渐感着夜寒了！云在暗空里抹着叹泣的泪，号虫在草根间唱着凄清与孤寂的歌。

"死城"的中心，黑死病的菌类繁殖地，迅速地向四外传播。时候已离开易倦懒的暑天，病菌却趁着这未寒时侵袭抗力薄弱的病者。

你没曾看见？空中是淡灰薄暗的秋云；地上初堕下还带有墨玉色的为生命搏斗的黄叶，……"死城"的中心，黑死病的病菌向四方飞扬。

渐渐感着夜寒了！是自然的支撑力的试验，还是毒菌类趁着时季逼人感受恶寒？

色彩，无论如何烘托，终是惨然的画面，并不能强涂成明丽眩耀的浮光。虽然里面还葆藏着"风雨晦鸣"后的新生，到时自可遇到中天的日色与银亮的星辉。现在，这"死城"的黯然，是凄栗间抃力的挣扎，是萧条中沉痛的忍耐，是血球在寒颤的病体里作生死的抗拒？

渐渐感着夜寒了！

不管是什么颜色的画面，你总得做"御冬"的备办；不拘你的心头是火燥，还是气咽，你总要试到冷刺皮肤的气候。

是午后，是黄昏，是中夜，黯然里，这"死城"没曾缺乏过跃斗，没曾失掉了她的含生的力，云与叶也没曾堕落或飘失了她的活泼的精神，真变成肿毙的僵尸。

以后呢？夜寒初临，这"死城"托着血焰的心将怎样度过未来的冬日？

为了颜色

老枫树愈值深秋愈增加了它的骄傲的颜色,"看,我的颜色,我的充实生活的表现,我的生命的青春重回!看,我惹动多少人的瞻望!"

蓖麻子在不漂亮的丛蒿中扬扬他们的白黑相间丑看的脸,又低下去,论色彩与威武,他们的低头不算卑辱,是公平呵。

金风瑟瑟中,粗大的枫树迎着秋阳,昂首向天,吐着舒适而微有感慨的叹气:"大木往往是'拳曲臃肿'的,不中看又不合用。但我是值得人间的瞻望的,直立,伟大,颜色的鲜明,他们在绿的繁华中去出头,表明他们的幼稚。时季属于我的是:诗人们的赞叹,明霞的标榜,秋风的鼓吹,美丽画图的本质。……为了颜色,便用不到量材了,为了颜色,我可以免去斧锯的迫害;为了颜色,我不会有被投到火里去的提防。我是代表着热烈,青春,壮盛与美丽。"

小草低声咽泣。

丑看的蓖麻子默默地扬起他们的脸又重复伏下。

霜降了,枫树生命中的青春也萎落了。惨红的叶子沉默着飘下来,有虫蚀的疤痕,有霜打的病色,他们混合在污泥中与白头的小草同一命运。

小草怨恨着自己的早熟,而美丽颜色的秋叶也一样痛惜自己的早凋。他们在时光的流连中总没有满足。

蓖麻子的果实一个也不见了,早被男女孩童一颗颗摘了去,晒干,贮集,卖到市上,辗转着制成芬芳的油类。

但"为了颜色"的枫叶,有的烂在泥土里,有的仍然在火光中消灭干净。

"为了颜色",他们确比无声丑看的蓖麻子骄傲过短短的时侯。

大漠中的淡影

　　大漠风寒，砂飞蔽日，一骑远来，拖着迟行的淡影，若明，若暗，在砂之雨中，他找不到藏身处，似乎也不想找。对着惨黄的圆日踌躇一会，重复鞭着骆驼在无尽的大漠中进行。

　　影子虽然是淡淡的，反映在遥望者眼中网膜上却十分清晰。

　　他到什么时候找到有人家的去处？他拖着的影子要几时才沾不上飞砂？

　　我在船上空想着。

　　他渐渐的远了。

淡 酒

虽淡薄总是酒,"寒夜客来茶当酒,"只在意念上认为是酒:难免不自安,于是有我们的诗人的另一种哲学观了:"薄薄酒,胜茶汤。"当然,比以茶作酒,进一步,然而更有进一步的"慰情聊胜无"的办法;"一觞虽独进,杯尽壶自倾。"不只是薄酒;以茶当酒;以少许胜多许,这真是超绝的看法。以茶当酒,显见得还不了彻,多一番像煞有介事的累赘。然而随遇而安,藉达自慰,正是一个难关!自来评陶诗的,龚定庵却有所见:

"陶潜诗喜说荆轲,想见停云发浩歌。吟到恩仇心事涌,江湖侠骨已无多!"

至于要将是非忧乐两俱忘的作者,即这般如此说,不过聊以作达,或博览者一噱。若讲身体,力行,怕不是那一会事?超脱世间的烦苦,能不饮酒最妙,仍然得借酒,甚至薄酒也可。杯尽,壶倾,方觉出百年何为,聊得此生!究竟是不曾把火气打扫净尽,不免咄咄之感吧。

宁可"绝圣弃智",不能"浅尝辄止,宁可一滴不尝,却不能以薄酒自满。对付与将就正是古老民族的"差不多"的哲理。退一步想,再退一步!衰颓,枯槁,寂灭,安息于坟墓里,究竟在人生的寻求中所胜者何在?以言"超绝"并不到家;以言"旷观"却出自勉强,自慰。

"淡酒"只能使舌尖上的神经微觉麻木而已,它曾有什么赠予你的精神,有什么激动你的力量?

螺壳的坟墓与巨石

有一回正当秋末冬初，我以偶然的机缘旅行到群山环抱的海边，遇见一个提篮子的少女。

相隔不过十几步，她弯下腰去用两只红红的手挖扒海边的泥沙，篮子放在身边，像是要在那里发现什么宝物似的。

虽然令人生疑，但我凭什么能走到她的身后窥探人家的秘密呢？她的态度又那么匆忙，朴素的脸上呈露着惶急与失望的表情。手臂几乎全浸在泥水里面，迅疾地起落，显然她没注意到在不远的巨石后面还有一个陌生的旅人站在那里。

一会被掏出的湿沙在她左边成了一座小小的沙山。她把篮子取过来凝视着，又用手指去挑弄着，这回我才看得清楚，那些小小的东西全是美丽的螺壳。尖长的扁圆的，有刺有角的，如螺丝钉似的，不知她费过多少工夫从多少地方能够搜罗到这么些种类各别的螺壳。

落日的金色映射着淡绿海面，反照到她的有力的一双红手与螺壳上面，"这是一幅美与力量的佳画"，我想。

但后来她停止了对手中玩物的赏览，用力地把它们全埋在自己挖好的沙坎里。不久，那一篮子的螺壳都被她埋葬了。刚才堆起的小沙山又回到原来的地方，她把沙坎填满之后，又给那些美丽的而且，空干的尸体筑上坟头。

篮了提到她手中是那么空荡荡的，接着，她向左右望望，顺手把它丢在海里。篮于这时既然去了所负的重量，又获得自由，愉快地浮泛着走向海的远处。

斜阳骤然被山峰上的红云接去。海，沙滩，山麓上的松林，还有呆立在螺壳坟边被晚风轻扬着衣裙的她，都蒙上一层幽郁的暗纱。晚潮在寂寞中开始唱着轻柔的輓歌。

似乎这一切也都为埋葬的螺壳所感动了！

在朦胧中，少女的身影，在向山坡去的小径上消失了。

我呆立在大自然的黑暗中不知想些什么，并没曾追上那个少女去问问她给美丽的螺壳下葬是什么意思。

但晚潮在沙滩上泛涨起来，起初仿佛是一条柔软黑线的轻轻移动，不久，于普遍的阴暗中翻腾起层层银花。同时，山上的夜风飒飒地为潮声助着威势。虽然原是静谧的空间，这回却开始奏着交响乐了。

皎月，清波，与梦境似的山林的幽穆静对，自然能给游人一种静美中的绵感。但这一晚上，壮烈的风，涛，高山，大海，凑合出激剧，震动的强音冲破了黑暗，却正是表现出情绪的崇高，雄伟，人间悲剧的顶点！因为这是悲剧中的主要成分，它需要刺激，需要动，与无力的和平、沉静——使人见到常常是微笑，是想瞌睡，与精力的从容耗散的那些光景不同。过于幽沉的境界不能用力去破坏任何东西，可也不能用一种力量与动作去提示人的精神往崇高与雄伟中走去。松弛，疏散，是随从着走向消灭的伴侣，而悲剧顶点的壮激，震动才是复生的机缘……

风涛声中我仍然立在突兀的巨石后面尽着狂想。

但一个卷浪从海上打过来，越过沙岸，与一堆堆的巨石吻触着，即时下去，挟着碎石，流沙，重行回到海的怀抱之中。恰是一段不可遏抑的情火燃烧着妇人的心胸，逼出了她的灼热的舌尖，向她的情人作一种难忍的诱惑，却又不愿意使他立刻接触到灼热的烈感，收回去以待迅速地再来。

虽然巨石被水沫吞湿了一片，这不过是给予它以勇敢的试验的机会。海，她知道那些雄强的石块纵然渴慕着她的热舌的舐沫，却又没有投入她胸中的可能，于是海在悲剧的挑拨中完全以岸上的巨石成了妒恨、愤怒的对象。

山上的群树一齐哗然，仿佛对巨石的木然状态加以嘲笑。

在这时，没有光，没有怜悯，更没有沉静的和平，只是大海在空间施展她的戏弄的权威。

忽然有一阵轻嘲的叹声从我身后的榉树林子中发出："坚强的意志！你，经过宇宙永劫淘洗的意志，这一回不怕没有投服于她的危险？……啊！啊！沉默，你在这里曾没出过一回声息，光与雨与风，雪，任管是怎样对你剥蚀，蹂躏着，沉默，沉默，是你的惟一的抵抗。在静立中，这便是一个伟大的轻蔑，对于我们！忽生，忽灭，支持不了威严的锻炼的我们，你不是不屑与我们计较什么？但今夜的暴风雨——中夜以后她要趁这难逢的机会用她的袒露丰满的胸怀把你拥抱了去，征服了你自信的刚强意志，成了不能抵抗的俘虏……"

巨石默默地不答复。

"到底是自以为雄伟却不懂得聪明的技艺,你瞧!深深埋在沙中的那些美丽的尸身,他们曾在活泼的少女手中经过洗涤,虽是被青春抛撒了,究竟他们找到了藏着美丽躯壳的所在。那些微小的只是供人赏玩的小东西,在你,你傲慢沉默的巨石——自然是看不见,然而他们懂得什么是'生之眩耀',也懂得机会的趋避。不是?光泽明丽的身体应该在柔湿的沙中掩藏起来,好躲避这个暴风雨的来临?"

"但雄伟沉默的巨石,你虽然有永恒的力量蹲踞于海岸上,自然威力的剥蚀终会消灭了你的身体,打碎了你自以为是坚强的精神。"

"到时会找到长久战争后的遍体创痕!"

巨石像专心倾听那些好嘲笑的树木的讽语,依然不作答复。

倏然,空中闪出几道明耀的电光,像是投下几条金鞭拚力地打着喧涛,似乎催迫她分外用力吞蚀着海岸上的一切东西。同时,我也看见正对着巨石前面的沙坟早已毫无踪影,被汩汩退落下去的浪花压平了。

贪听自然的争斗声,我不曾顾虑风雨的来临,立在巨石后面想能听得到它的一句答语。

然而它一直保持着沉默,不说什么。

海的暴力继续着向上增长;银光的浪花时时撞到巨石的顶部,又迅速地退下去。由甜媚地引诱一变而为愤怒地打击,失恋后疯狂似的勇敢,野兽似的咆哮,沙,泥,碎石,枯草都不值它的团捏与挟带,这时她整个的力量仿佛专为这顽强的巨石而来。

谁知道？经过几世纪的争斗与间断的平和，她终不曾把巨石吞入胸中。积存了多年的悲恨与嫉妒，她再一回的性发，也许知道剧烈的风雨快要来到，这是一个不可失的打败由爱而恨的情人的机会，所以她用力对他搏击。

闪电一来，乖觉的山上树木似乎也打了冷噤，不敢向顽强的巨石说风凉话了。秋之命运使它们晓得了肃杀的悲哀，虽然要想坐观海与巨石的成败也有点来不及。起初是飒飒的风声抖震着它们的衣裳，摇动它们的躯体，后来，沉重的雨点迅速地吹下来。

快夜半了，我摸索着小路走回山间的寓舍。

这一夜暴风，急雨，还有轰轰的雷声，直到黎明方才止住，但我追念着听来的树语没得安睡。

第二日清晨，寒冷，风雨住了，涛声低缓了许多。

再跑到夜来站立的海岸上看，像发过疟疾后的病人一般，海虽然粗率地呼吸着白沫，却不是尽力地喷吞了，只是疲倦地缓噬着下陷的沙滩。找到昨天那个多情少女埋藏螺壳的地方，新坟早没了，松洼的坟坎中什么东西也看不见，只余下一个浅浅的水窟，脏污的水面上还堆着一些腥绿的海藻。

这个美丽舒适的藏身所在经过海潮与大雨的冲刷却变成这样！

向高耸的山头上望去，原来有些无力的病叶这时都辞枝而去。柔弱的树木连根拔出，斜敧在岩石上面。破碎的叶子连飞舞的余劲也没了，安然软贴在泥堆林草与石缝中间。

啊！顽强的巨石仍然瞪着他那些黝黑的目光，似在微笑，又似在沉思！蹲在峭壁下面丝毫不移动，就连身上牢附的青苔一个苔晕也没曾消磨了去。

我对骄傲与有威力的大海轻轻地吁一口气。即时海面上涌出东方的太阳的金色。她也在平静中微笑了——像是对着岸上的巨石相视而笑。他们原是很和美的一对情人,但由热爱中来的苦斗是一定另有一种趣味的。

不过那些悬在少女心上的美丽螺壳跑到哪里去了?满地轻浮的落叶怕也在悼惜它们的灭亡吧?

这又是一个平和晴朗的秋晨。

湖滨之夜

　　经过城市，乡野，水程与沙漠，这个养在笼子中的鹦鹉随着它的女主人到了东非洲的一个湖滨。

　　它被主人挂在主人寓房走廊的窗前，窄窄的，用铁片搭成的走廊是俯临着这著名大湖的湖滨。湖位置在由火山爆裂而成的山谷之中，不远，便有几万尺高的险恶的群山。

　　虽然湖是在山谷的中心，但面积很广，浮上一层热气的碧绿水面，映着几个突出山峰的倒影。湖边满是高大纷披的热带植物，阴深蔽日。间或看得见土人的木屋错落于植物中间，说是木屋，却完全是用大树的枝子砍下来编插成的。屋顶上的草皮映着太阳分外有光。由湖的高岸向通平原的路上去，那些小屋子如缀星似的合成小小的村落，斜阳中可以看到三个两个周身裸露，头上油腻腻的黑人在他们的木屋旁边工作。

　　虽是久于旅行的鹦鹉，骤然到了这个异境也使得它感到局踏不安！它听过女主人与别人的谈论，听过读出的那些探险小说的怪事，它也在动物园中听过同伴们叙述黑人们的故事，以及这里的走兽、水族的厉害。现在，它俯看这一片深深的湖水，遥望着毫无礼仪与"文明社会"隔绝的土人，它觉得身上美丽的羽毛有点往上竖！天气怎么热，却像中了寒疾一阵阵地不自在。它一切都明白，主人敢到这个地方来自然是有他们的"文化武器"保护着，不会有什么危险，但心理上的不安任凭有一队会用新式器械的兵士围在旁边也消灭不下。

在所谓文化的训练之中，它变成了一个外貌高洁优闲的小姐。那怕是一点小事它会把两只臂膀直挺挺地伸到小肚子下面，两只手紧紧握着，喊一声："我的天爷爷！"静或者，旋转过柔软的腰肢，扬起双手向后斜伸，正好等待一个侠士从身后大步飞过来，一把把它搂在有力的铁臂之中。这才是合格的姿势。它虽然在平常时候也摹仿女主人的动作；拳拳爪子，扭回脖颈剔刷着翎毛，自觉得一举一动都是表现着自己曾受过高贵文化的教养。不过，这时它呆呆地立在踏棍上向前直看，心老在跳动，一点点悠闲的欹式也做不出来了。

窗中女主人与房东纵谈着疲倦的夜话，在白烛光下饮着剧烈的酒汁，慰藉他们的寂寞。几条高腿的猎狗在门口蜷伏酣眠。

这时已是黄昏后了。

星星在湖水上面耀动晶光，虽是夜空，而淡蓝色的天幔还可约略映出如珍珠的大小星星嵌在上面，可惜没有月亮……鹦鹉一转念，反觉得它来的机会恰好，如果有皎洁的月光，那么湖面与湖岸上的一切东西都看得见，它将一夜不能安眠。

在暗中它动也不动，很想赶快入梦，忘却了这异地的恐怖，等到天明好再随主人他去。

不久，屋子里的烛光灭了，主人早已休息，却把它孤零零地放在外面。

"为什么不怕我被这里夜间的大鸟拿了去？却忍心地丢我

在空虚的廊檐上呢？……"它乖巧地想着引起孤独的微怨，它想向来是提携保护它的主人怎么到了这个蛮野怪异的地方也失了常态？

四围望望，一点的火光没有，空中的星光映在荡荡的湖面上，象一匹发亮的黑软缎罩住一个悍妇的前胸。连热风也不吹动，许多散披的下拖的如自己尾巴样的植物叶子，寂静中不作声响。湿雾在湖面，山峰，草地，泥沼上到处散布，霉湿中挟着腥凉气味。她在大笼子中怎么也不能安睡，一种抖颤潜藏于它的周围。

它对于自己弱小的生命与美丽的身体向来是谨慎惯了，觉得一到这毫无现代人文化的地方，为了忧愁起见，它虽然想到睡眠，也想到提防突来的灾害。

"嘘！……嘘！……"接着廊下的水面上有一种激动的闷声。

它不自主地跳了一跳，周身像触了电流，没敢往下看。

"嘘！……嘘！……"这次的声音更大了，而且十分相近。明明是一个生物的粗蠢的气息，与在水中转动它巨大躯体。

它到这时才敢向下窥探，什么也看不出，只是走廊前壁直的石岸下有一条粗大的黑影在水面上蠕动。再待一回，藉了星光方看出一个尖长的巨口，露出上下两行尖锐的白牙暗中发光，却看不见这怪物的鼻，眼。

它竭力端详，一个喜悦的回忆增加了她的勇气。它记起这个怪物的形象与它在"文化大城"的动物园中所见的鳄鱼一样。并不是什么妖怪与有神秘本领的异物。它有不少次的经验，随了女主人和主人的朋友在那些专门豢养生物的大园子里，曾与这些

"丑类"见过面。人家给它们专用玻璃搭成的温室,无论什么时候要保持相当的温度,掘成水池,栽植上热带的植物,池边用栏子围绕着备人观览。它常常笑那些"丑类",如同黑人们能够住在有水门汀、地毯的大房中一样,都是人家的提携,他们方能享受这样的幸福,方能懂得什么是"物质的文明"。看,它们有时仰起头来等待园中工人给它们按了定时喂养的食物,它们是那样的安静与和平,这与安享那些大城中的文化赐予,而变化了他们的蛮野与原始性的……一个样。……

它想起这些光景,忘记了目前所在的是什么地方。它娇呷一声,出其不意地水中那个"丑类"打几个转身,向空中喷出水的腥沫,——冷湿的水沫沾湿了它的羽毛。

仿佛触动了它自以为是的文化的尊严,它从经验知道这些"丑类"并没有腾空、传电的本事,左不过凭了它们的爪、牙寻捕食物,何况这个石岸有几十尺高,又是十分光滑,"丑类"们是爬附不上的。它摹仿着主人高贵的音调说:

"你,这无教化的东西,只可在没人到的臭湖里自己得意,对于客人却这么毫无礼貌!……你懂得?你的同类们受过文化民族优遇的,……啊!多么闲雅,多么安静。……"

它还想有一篇完美的劝说,没等说完,突然,下面的"丑类"发出呵呵的笑声,把两行白牙左右摇磨着道:

"贵客,娇柔的贵客!我们不曾学习过有文化的招待礼仪,我们更不想向你们谄笑。不错,这湖水臭得可闻,可是既然到来,你便当享受。我的同类,哎!哎!不象你的同类一样?其实就说你吧,你自然懂得这些,因为受过所谓文化民族最好训练的，我的同类受豢养于小小池里，与你，在这玩物的笼子里正是合宜的对照。华贵的小姐，你到处找面镜子照着修饰你的美好的羽毛，取悦你的主人，这是你的荣耀。你也提什么教化，比较蛮野与文明？我的小姐，我佩服你的聪明，可惜像这样的聪明在我们这里却没处夸耀。"

鹦鹉想不到这丑东西居然敢对自己争辩，而且敢说出这些愚昧的话，它想不用道理把他折服，损失了自己的身份。它啄啄翎毛记起了一段深沉的道理：

"……说来你不容易明了，可是为了上帝——我的圣主的缘故，我不能不告诉你。你明白？什么是一切生物的'生之享乐'？如果社会生活没有相当的集合成的正义观念，没有高尚道德感情的发达，那永不会有进化的可能，也永不会达到'生之享乐'的目的。都像你们这些丑类在这霉湿的地方自生，自灭，沾不到一点点的文化，多可怜！环境把你们长久蒙蔽在盲目般的窟穴里，不懂得生，不懂得进化；不懂得群体生活，不懂得高尚的道德情感。……"

"咦！你说教的心太热了，我替你增加上一句，不懂得取媚的方法与向有势力的主人投降的技能吧……"

"哟，你虽然冥顽不灵，虽然与有文化的及善意劝告的言语为敌，可有什么用？第一，历史的纪录最可称颂的是互助和献身于同类的勇敢行为。第二，需要结合各个的力量，能够共同地作'生之享乐'，向进化的大道上走去。这些事都得先进的同类诱导那些还在蒙昧中的族属，使他们晓得生之道理，与'生之享乐'的真趣。因此，便需要服从与长久的忍耐！假使你们还是互相虐杀，互相吞食，永远是石头的心肠，不懂得什么是高尚的同情与互助，强横地拒绝文化的指导，那么是甘心自居于丑类，不能了解人家开化你们的苦心。好！……凡是冥顽到这样不可理喻程度的，与你们的黑主人一个样，漠视进化的机能，不服从文化力的指导！……"

它把听来的这些强有力的学说在这个暗夜中得到宣扬的时机，对这久处于湿热湖水中的鳄鱼装作慨叹，惋惜的态度，巧妙地尽说不休。但那个"丑类"听到这里再没有忍耐的可能。便在水中蹾了蹾他那笨重有力的身体，向高高的廊檐上大声叫道：

"你也讲互助，讲献身的勇敢行为，还有结合的力量，还要教我们都懂得生之道理与'生之享乐'？……好一些贴金的言辞，你正不愧是有文化的娇贵主人家豢养的一只小鸟！对，我们也盼望有什么善意的文化启示我们的蒙昧，感化我们的无知，可是如果我们尽着向你们所说的窟窿中求见天日，我们整个儿要失去我们那点'硬劲'！恐怕就剩下了在那些好看的园子中被当作玩物，与供你们作研究资料的同类了。不是？离开你们那些巢穴，供献上你们不会使用的土地，这是进化的公例，应该让给有文化的族类开发，利用，享受。于是，奴隶杀戮，饥饿，便是蒙昧的我们的报偿！你这利齿尖嘴的小姐，不必替我们担心，我们不敢领受你们口头上的'文化指导'，我们更没有同情于被人灭亡而还自附于高尚道德的那样奴性。在这里，我们有的是顽强的力量，为保护我们的族类，为不受文化那个名词的谎骗，我们要以血腥同你的主人们搏斗！自然、没有那些乖巧，我们也明白许有不幸的结果，可是净等着作奴隶的层层教训，对不起，是个生物他便不容易有那么大的耐性！"

"嘘！……嘘！……"

这"丑类"藉着鼻孔中喷出的水沫，发泄他的愤怒。有力的水点直向鹦鹉的头上射落。它一阵冷颤，不由得扑动翅膀在笼子中作了一个反身。可使它虽欲与这可恨的东西争斗也飞不出笼子去，何况它方在顾惜自己周身有光泽的红红绿绿的羽毛呢。

但是，它转念到早晚这片土地与这样的"丑类"一定会被它的主人们征服，即使在这一时它受到侮辱，可以图报复于未来，它不禁心上宽慰了好多！它重复安然立在笼子中间，用满不在意的口气道：

"你只是有这分蛮野的本事与不自克服的强辩，好，我们看，等待着你的未来。"

"未来？……"鳄鱼摇摇头："好，就是等待未来吧！象我们要与人拚命的'命运'，自然不必争论了，可是你的主人们，与你们这些伶俐的小鸟儿也未见得能够长久保持未来的强横命运吧？"

它们相去那么远，一时当无从争斗，而话的是非到此地步更没了转圜的余地，于是彼此都不作声。

它们是在等待未来的教训，它们在昏暗中互相久视。

一个骄傲而又恐怖的关在人家的笼子里，一个却浮游于蒸热的湖水中，仰天吐气。

夜深了，湖上浮罩着一层淡淡银光，在高大的热带植物的密丛后面，初升起了微眩着虹彩的明月。

一只手

我看明白了一只巨大的手,虽然是在不露星光的暗夜之中。

并没有暴风雨,夜是如此的安静,一切都沉睡在地球母亲的怀抱里。诱人的野草芳香在四围中到处散布着,细细河的河流上的长身植物的摇动中仿佛有露珠明闪,但那真是全黑暗中的微光。我从远旅中归来,经过波浪滔天的大海,经过险峻峭拔的山峰,经过尖石荦埆的峡谷,经过急流飞喘的流滩,现在到了这无边的平原——也或者是低原吧,它是沉静,漆黑,没有声息,只有不知名的野草芬芳,不确定的露珠明闪,除此外是死一般的寂寞。

满地泥泞,像是经过了相当的雨量吧?颇有些难行。但在我是无妨的。我因旅行的经验,最会走路的方法:我能在大道上作古式的方步,能在崎岖的山道上作蹲踪取巧的小步,能以回环的走,彳亍的走,甚至以手代足的走,更好的是会走捷径。但这却是在一望无边——黑暗中想象的一望——的大平原中,可不能施展由经验而得来的奇巧步法,也能行,不过是泥泞罢了!在我们的故乡,泥泞原是常态,由泥泞的步行中最易学得拔脚的技术,只不过是左弯右转,踏空不踏实的九字诀。所以这奇异之夕除却沉闷得难过之外,并不十分感到行路的困难。

"平静"是一切事最善良的方策，于是我便任步地踯躅于泥泞的平原之中。

然而在前面，……在前面，的确，有一个怪异的东西啊，——那是一只手！一只伟大可怕而有力的手！

也许是在远处的河岸上吧？藉着无数露珠的光我看见它有时扬起，有时扑下。大的巨指如同小树的树干，如起重机般地在称量一切的事物分量。这是真的幻象。我的旅行的经验不能向我解释，不能对我防护，它在作什么呢？

我终于蹲坐在泥泞之中，却也奇怪从巨手的扇扬中我仰头看明白了银色的星河在高高的空中摇动它的全身，而即时如万花筒中的金星星一样，天上所有的星光都随了这不知所从来的巨手在流动，明闪，飞落。

即时这平原都在巨手的阴影之下。

飞星的流堕似是代替了这一晚的暴雨雹。

我的步法似乎无所用了，蹲在泥泞中想赏鉴这恐怖或妖术的奇观，但觉得颇有些飘飘然了。我的身体渐渐高起，同时巨手的暗影却翻在下面，啊！原来这其大无比的手已将这泥泞的平原托起了。

不知何所往？只俯看着柔弱可怜的露珠之光闪得越小，而四围野草的芬芳嗅不到了。

漫空中只有这只伟大的手影？然而我的奇妙的步法！